かくて本能寺の変は起これり

園田豪

郁朋社

かくて本能寺の変は起これり／目次

汝の父は既に死しておはす　7
築山殿と松平信康のご乱行　21
田楽狭間での今川義元の死　31
築山殿と信康を始末せよ　58
信長の甲州攻めに明智光秀は、
そして信長は家康の所領を巡察。果たしてその意図は　71
信長と家康が急に不和に　101
天墨の如し　114
徳川家康と明智光秀との反織田同盟成る　122
毒殺失敗、ならば弓矢で家康を討て！　135

度が外れた饗応　150
手配りされた中国大返し　161
それぞれの本能寺の変前夜（信長）　169
それぞれの本能寺の変前夜（明智光秀）　173
斎藤内蔵助この度の謀反第一なり　182
信長公記、本城惣右衛門覚書そしてフロイス日本史など　198
徳川家康の堺脱出そして伊賀越え　215
あとがき　229

装丁／根本　比奈子

かくて本能寺の変は起これり

汝の父は既に死しておはす

小振りながらも三層の天守閣が月明かりに照らされて、その黒いシルエットを際立たせている。ここは三河、岡崎の城だ。川は白く光るが周りの田や森は光を吸い込んでしまうのか、黒い。全くのモノトーンの世界だ。

ここは松平元康改め、徳川家康と名乗った家康の長男岡崎三郎信康が預かる城である。天主閣から程遠くない平屋の屋敷の奥の小部屋に男女の姿があった。たった一つの燭台を挟んで顔を寄せ合うように背を丸めている。燭台のろうそくの光はほんの一メートルほどしか届かない、ようやく二人の顔を照らし出しているといって良い。

奥の方、上座に座っているのが徳川家康の正妻築山殿、田楽狭間で討ち取られた今川義元とは親戚の瀬名一族、関口家の娘である瀬名姫だった。向き合う若者はこの岡崎城の当主、つまりは築山殿の腹になる三郎信康である。

二人の会話の声は小さい。今宵大事なかつ内密な話があると築山殿が信康を呼び出したのだ。

「信康、お前は父を覚えておるか」

「覚えているも何も父は松平元康、浜松の城においでではありませぬか」

築山殿の唐突な問いかけにちょっと驚きながら信康は答えた。

「幼かったからのう、お前がこの城にきたのは」

「その言い方では、まるで浜松の徳川家康様が我が父ではないような。そんなことを数正がふと言った様ではありましたが、まさかそのようなことが。ひょっとして私は何処からかの貰い子でしょうか」

「何を言う。お前は我がこの腹をいためて生んだ子、貰い子などでは決してないわ。しかしお前の父は浜松のあの男ではないのじゃ」

「何を言い出された。母上は浜松におわす父上とまことの夫婦ではございませぬか」

「おお、それは確かじゃ。あの男とはお前を岡崎の当主とするために夫婦となったのじゃ。お家のためにあの男に肌もまかせた。求められればあの男のものを手に握り、口に含みもした。元康殿にはされたこともないような、獣のような交わりにも耐えてきた」

築山殿は徳川家康との閨の様子を思い出したのか声を荒げ、興奮しながら吐き出すように言った。

「あの男と、私のためにいやいやながらも夫婦になられたと……」

「他にすべはなかった。元康殿が落命なされしとき、お前は余りにも幼く……」

信康は頭が混乱したのであろう。顔を左右に振りながら、

「母上、それでは松平元康が父で、松平元康が改名した徳川家康は父ではないと。ですが、私は幼少のときよりずっと同じ父を見ておりまするぞ」

「元康殿が落命されたはそなたがまだ四歳のときじゃったから、そなたは何も覚えておらんのじゃ」

「お話、一向に腑に落ちませぬ。余りのことに……」

「なればこそ、今宵そなたを呼んだのじゃ。いま聞かせておかねばわらわとそなたとはいずれあの男に殺されることになる」

「あの男に殺される……。あの男とはそもそも……」

信康は顔をゆがめ、しわを寄せ、体をよじっていた。

「あの男はの、元々は世良田次郎三郎と名乗る駿府生まれの者で、新田義貞の末とか申す願人の子であるとか。そなたの父、松平元康殿とはまったく違う者じゃ」

「新田の末と言うなればその頃の今川の駿府では仕事になぞつけますまい」

「聞いたところでは狐ヶ崎の刑場の近くの宮が崎で生まれたというから、鐘打ち部落にで

もいたのであろう」

信康は目をしばたきながら、どうにも分からぬという風で、

「それでその世良田次郎三郎が何故我が父として浜松の城におられるのですか」

と聞いた。

「先ほども言うたであろう。元康殿が命を落とされたときに岡崎の大人衆と諮ってその世良田次郎三郎を殿の身代わりとしたのじゃ」

「ええい、分かりませせぬ。合点がいきませせぬ」

「さもあろう。この話、知っているわらわも如何に話してよいやら迷うほどに入り組んでおるのじゃ。ええい、何処から話そうかのう」

築山殿も、この日本の歴史の中でも真実が余り語られずにきた、家康と元康にかかわる秘事を明かそうとしているのだが、何から話してよいか自分でも分からずにもがいていた。

「ええい、母上。何処からでもよろしゅうござる。先ずは父元康が既に死んでいるというなら、その様子から」

「そうじゃな。ではそこから話すといたそう。そなたが四歳の時じゃった。そなたは織田に奪われて清洲の城におった。人質に出したのではない、さらわれたのだ」

「それが何ゆえに父元康の死と関係がござるのか」

「関係は大有りじゃ。元康殿はの、そなたを奪い返さんと兵を起こし、清洲城に向かったのじゃ。しかし守山に至って日が暮れようとしたため野営をした。この陣に付いてきておったのが世良田次郎三郎とその配下の者たちだった。明け方、陣内に繋いであった馬たちが急に騒ぎ出し、馬なくて何の合戦ができようかと殿の近習まで馬を鎮めに走り出た後、元岡崎の譜代の家臣であった安部大蔵の倅が乱心、殿に背中から切りつけたのじゃ。声を聞いた近習が駆けつけたときには殿の息は既になく、大蔵の倅めはすぐに成敗されたが殿が生きかえるわけでもない」

「父元康が守山の陣中で切り殺されたのなら何故その元康に他の者がなれるのですか」

「聞きやれ、信康。駿河の今川と尾張の織田信長に挟まれてようよう岡崎を保っている松平にとって元康殿は大切なお方。もし今川、武田、織田が、元康殿が他界したと知らば何とするぞ」

「そりゃ、この岡崎を奪う好機と押し寄せてまいりましょう」

「そうじゃ。じゃからこそ元康殿の喪は伏せ、存命を偽ったのじゃ」

「ならば今の浜松の殿は父元康の影武者」

「いや、影武者ではない。影武者とは殿存命中に身代わりとなるように仰せ付けられし者、浜松の家康は、あれは替え玉じゃったのじゃ」

信康は身をよじった。

「分からぬことがござります。替え玉ならばだれぞ親戚や家臣から選べばよいものを何ゆえ岡崎と関わりのない浜松の殿を選びましたるぞ」

「ええい、浜松の殿などとわらわの前で呼ぶでない。よいか、岡崎松平家の家臣でないからこそあの家康が替え玉になったのじゃ」

「分かりませぬ、分かりませぬぞ」

「分からぬか、信康。親戚や家臣では近郷近在に顔が知られておろうが。顔が知られていてはすぐにも替え玉のことが露見するではないか」

「顔が知れているのは父元康殿も同じ……、いや、父元康は十九歳まで駿府の今川に人質に取られておった。そうか、父元康の替え玉には年恰好の似た他国者を選べば良かったとそういうことであったか」

信康は分かった、という顔をしたがすぐまた額にしわを寄せた。

「しかし、他国者なれば誰でも良さそうなところを何故あの者に」

信康の言葉から浜松の殿という言葉が消えた。

「また面倒なことを言うが、実はな、あの者が、駿府の今川に人質となっていた元康殿とわらわの間にできたそなたを二歳のときにさらった者なのじゃ」

「何、我二歳の時にさらいしはあの者と仰せか」

「そうじゃ、あの者が替え玉となってから夫婦として暮しておる間にあの者から聞いたし、また人を使って調べ上げた。世良田次郎三郎はそなたの守などをしていた源応尼という者の孫なのじゃ。そなたが織田にさらわれたのはあの者の手からであったのじゃ」

「それやこれがあり、清洲へ取り返しに父元康に同道しておったのか」

「替え玉をそれから探すには時がかかることゆえ、そこにおった世良田次郎三郎に岡崎松平の大人衆が合議の上で元康殿に成り代わってくれと頼んだのじゃ」

「それで見ず知らずの男と夫婦になられたのか」

「やむを得まい。岡崎松平を守るためには他に道などなかったのじゃ。あの者にそっぽを向かれ、出て行かれてはお家は成り立たぬ。嫌われぬように閨の勤めも励みましたぞ」

「じゃが、子をなしてはおりませんぞ」

「当たり前じゃ、誰があのような男の子を生もうか。この母の苦労を分かってか」

「分かりまする、分かりまするぞ」

「勿論岡崎にもあの男を殿に戴くのはいやじゃと申す者も多く、一時、時間を稼げればよいとする者も多かった。しかしそなたはまだ織田の捕らわれ人であった。ところがじゃ、世良田次郎三郎は何と織田信長に談判し、そなたを岡崎に取り戻してまいった。しかも信長の娘、五徳をいずれ嫁にもらうという同盟まで結んできよったのじゃ」

「それで我が嫁が織田から来たわけですな。それにしてもよく同盟まで」

「そこじゃ。織田は元々神道の家、世良田次郎三郎も同じく神道系じゃ。妙覚寺の坊主上がりの美濃の斎藤や同じく仏門の今川などと違って話が合うようじゃ」

「そういえば織田信長の室は斎藤道三の娘でしたな」

「さよう、仏徒の家の娘を室に迎えたと二人で嘆きあったことであろうよ」

「さて、世良田次郎三郎が父元康に成り代わった時の条件はいかがなものにございました」

「条件は二つ、第一は世良田次郎三郎を松平元康として取り扱うこと。つまりは主君としての生殺与奪の権を持つと言うことと、わらわを室として自由にするということじゃ。第二はの、そなた信康が成人の暁には早々に隠居し、そなたに家督を譲ることじゃ」

「おかしなことを承る。信康は既に妻を娶り、子もおりまするが」

「その通りじゃ。約束に従えば既に家督はそなたに譲られてしかるべし」

「その約束に不満を持つ家臣はいなかったのですか」

「いたいた。その者たちは大人衆の言うことを聞かずに反旗を翻した。替え玉が許せぬというよりも駿河、遠州、三河の三国は今川領だったところ、いきなり城主が神徒に変り、そのやりようが仏徒には許せなかったのじゃ」

「それで」

「約束の第一はあの男の下知に従うことじゃ。岡崎の兵が岡崎の兵を討つという地獄となったがお家大事のため反旗を翻した者を皆殺しにした」

「何ということを」

信康は頭をかきむしった。その突然の動きに燭台の灯火がバババッと音をたてて揺れた。

「それで安心したのか、浜松の城に移り、わらわは城外の菅生川の辺の小さな館に押し込められてしもうたのじゃ。そしてようやく城中に戻してもらったところじゃ」

「では、浜松の城におわす、お愛様とはどのような」

「お愛、あれはな、あの男の古女房よ」

「それでは元康に化ける前からの」

「世良田次郎三郎のことをもそっと話さねばならぬな」

「いかにも。何もかも聞かねばこれから先の思案がまとまりませぬ」

「あの男はそなたを駿府の屋敷から盗み出して遠州に逃れ、掛塚の鍛冶屋、服部平太のところに住み着いた。その平太の娘がお愛じゃよ。そしてそこで夫婦となっておったのさ。今は浜松の城に入ってすっかりお方様気取りじゃ。既に子も二人をなしておる。その子供が問題じゃ。既に自分の子にこの岡崎や浜松を継がせるつもりになっておる。それゆえにそなたに家督を渡さぬのじゃ」

「じゃが、約束をたがえておるのですから誰ぞ意見を言う者がいても……」

「石川数正がそなたの守役、何度も意見をしたようだがの、いずれ機を見て信康に家督はお返しするつもりじゃが、今そうしては、何故まだ若いのに隠居するのかと織田信長様に疑われてしまうではないか、と言うとのこと。怪しからんがもっともなこともあってそれ以上強くは言えんらしい」

「確かに、あの歳で隠居すると言えば織田信長ならずとも何かあるなと疑いましょう。まして織田、徳川が同盟を結び、我が嫁が信長の娘なることは誰もが知っておりますからな」

「そなたが織田に捕らわれていた時にも信長殿はえろうそなたを可愛がってくれたそうな。

それゆえ信長殿の幼名、三郎をそなたにくれ、信康の名にも信長の一文字を下さった。しかしな、信長は我が伯父今川義元殿の敵じゃ。ましてあっちは神徒、こっちは仏徒、到底好きにはなれぬわ」

「しかしこのまま捨て置くわけにも行きませぬな。何か手立てを考えねば」

「しー」

築山殿が唇に指を当てた。信康が真剣な目で築山殿を見上げる。

「よいか、誰にも聞かれてはなりませぬぞ。これより大事を相談いたします」

「何か既に策をお考えか」

信康がかすかな声で尋ねた。築山殿が無言で静かに頷く。一瞬全く音のない時間が流れた。そして、誰も聴いている者がいないのを確かめたかのように築山殿が口を開いた。

「三河を我等松平が取り戻すにはあの家康を殺すか放逐せねばならぬ」

「と、申されても三河の国はがっちり握られておりますぞ。それどころか今川義元殿の亡き後遠州を手に入れようと色々動いているとか」

信康は到底不可能といった風情でため息をつきながら顔を振った。

「そうじゃ、わが伯父上、義元公亡き後の今川領を奪わんと甲州の武田と話し合っておるのじゃ。しかし武田と今川は元々は縁戚、信玄の父、信虎も今川に身を寄せておったほどじゃ。そこでわれらも武田の力を借りて家康を追い出すことを考えようぞ」

「とは言うても、武田がわれらの言うことに耳を貸すかどうか……」

「武田に話を聞いてもらうには、家康が松平元康ではなく、身代わりなることを明かすことが必要じゃ。それにな、我等に手を貸し、首尾よう家康を始末できたらば、われらは信長とは縁を切り、武田と結ぶことにするのじゃ。そのためにはこの手にほしい遠州を武田に渡すことも考えねばなるまい」

「なるほど」

「おお、そうじゃ。そなたは信長の秘密を存じておるか」

「秘密と申しますと」

「義元公が上洛のために三河を通過する時に、信長は義元公の下に挨拶に向かうことになっていたのよ」

「挨拶に行くことに……。それはおかしゅうございましょう。信長は田楽狭間で義元公を討った者でございますぞ」

「義元公を討つはずではなかったのよ。信長が清洲の城を出た時には従った者は数騎のみじゃった。今川数万の軍勢に数騎を従えて戦いに出かける馬鹿が何処にいようか。信長は神徒ゆえ今川の支配下に入るのが嫌で駄々をこねたらしいがやむなく挨拶に出かけたのじゃ。そこに急な雨風で火縄がぬれて鉄砲が使えぬようになったところへ、その様子を窺っておった家康が信長のところに参り、今討てば義元公の首が取れる、とけしかけて終に田楽狭間への突入を決意させたのじゃ。じゃからの、義元公の本当の敵はあの家康なのじゃ」

「ならば母者は義元公の敵と夫婦になられたのか」

「今思っても悔しき限りじゃがその時は知らなんだゆえ、それがお家の為、そなたのためと思うたのじゃ。今思うと、何であのような男と、と悔やまれてならぬ」

「話は分かり申した。しかし、どのようにして武田とつなぎをとるのですか」

信康の顔は静かに築山殿を見上げた。

「今使っておる按摩がの、甲州の者らしく、武田の家臣と顔見知りだという」

「そのような者では心配ではありませぬか」

「いや、大丈夫だと思う。いや、大丈夫でなくてもここは使ってみるほかあるまい」

「それで、その密書は」

「そなたは書かずとも良い。わらわが書いて送るつもりじゃ。万が一漏れた時にもそなたは知らぬことにしておくのじゃ。元はといえばそなたのためにすることなのじゃからな。それから、そなたはこれより放蕩をいたせ。遊びに精を出して呆けるのじゃ」

「な、何ゆえ」

「家康を安心させるためじゃ。信康、そなたが秀でた者だと皆が思えば家康はそなたを殺そうとするやもしれぬ。暫くは遊ぶのじゃ。徳姫が呆れるほど女遊びもせよ」

「なるほど。しからば左様に」

屋敷を出た信康は天を仰いだ。満天の星が瞬いていた。その中を横切る天の川がまるでこれから歩く道を示しているように白く光っていた。

築山殿と松平信康のご乱行

減敬という唐人の医者がやや小太りの夫人の腰をさすったり、揉んだりしている。そう、その婦人は築山殿だった。

家康は松平元康になった当初は頻繁に築山殿を抱いたが岡崎の内部をまとめるや浜松に移り、以後築山殿には全く興味を示さなくなった。築山殿の方はたまらない。家康のことを憎くは思うのだが体が疼き、火照るのである。スキンシップ欠乏症といったらよいか、性欲が満たされぬ毎日を送っていた。

なにやら鬱々と過ごしていた時、侍女が、城下に来ている唐人医者の噂を築山殿に話した。

「その唐人医者の手で揉んでもらうと何でもとても気持ちが良くなるとか」

「何、それほど良いのか。ならばここに呼んでたもれ。少しは気分が晴れるやもしれぬでな」

かくて、呼ばれた唐人医者減敬が築山殿に施術をしていたのである。何しろ、長い間男の手に触れられていないために、築山殿は腰をもまれるだけで興奮してしまっていた。

「減敬とやら、もそっと下の方を」

ため息交じりの築山殿の声に、減敬は手を築山殿の腿に移した。そしてさらに一方の手を白い寝巻きの裾から忍びいれた。

その夜から築山殿は減敬を手放さなくなった。虜になっていたのである。そしてそんなある日、

「減敬、汝は岡崎に来る前はいずこにおったのか」

と築山殿が聞いた。

「以前は甲州におりました」

「甲州にてもかようなことを致しておったのか」

築山殿の声には嫉妬の感情がこもっている。

「いえ、滅相もございませぬ。病のあるお侍の治療などを致しておりました」

「何、甲州の侍とは武田家の者か」

「はい、躑躅が崎のお館にも伺っておりました」

「そ、それでは武田信玄の」

「いや、信玄公にはお目にかかったこともございませぬ。本当はお女中衆の」

「やはりそうであったか。よう、甲州からここに来られたものじゃな。すがりつかれて困ったであろう」

「いや、そのようなことになっては困りますゆえ逃げて参ったのでございます」

「ならば、もしわらわが武田に書状を送りたいと言えばそなたは届けられるか」

「それは勿論できまする。甲州への道は良く存じておりますゆえ」

「ならば書状を認めるゆえ内密に武田信玄公に届けてもらいたい」

「何と、信玄公宛の書状を、内密に」

「嫌か」

「嫌ではございませぬ。重要なお役目に、ちと驚いたしだい」

「ならば明日書状は認める。今宵は、のう……」

築山殿は減敬の手を取って引き寄せた。


同じ頃、岡崎城の一室で信康も女を抱いていた。信康には徳姫との間に二女があったがまだ男児に恵まれていなかった。それを理由に築山殿が何処からか離縁になった女をつれてきて信康に与えたのだ。

九歳のときに輿入れしてきた徳姫とは違い、閨ごとに、手馴れた女は信康を喜ばせるすべを心得ていた。その能動的な閨模様にすっかり虜となってしまった信康は徳姫の元に全く近づかなくなっていた。

それだけではなかった。信康は大酒を飲むようになり、そのために家来に向かって乱暴を働くようにもなっていた。そればかりか気に入らぬと言って小姓の一人を庭で切り殺したりもした。

そうこうする内に築山殿からの呼び出しが来た。信康が訪ねると相好を崩した築山殿が迎えてくれた。

「母上、何かございましたか」

「あったとも。武田より返書が来たわ」

「返書が来たとは、それで何と言ってやり、何と答えてきたのですか」

「よう聞けや、信康」

築山殿は傍らの蒔絵の手文庫の中から一通の書状を取り出した。そしてそれを手に持ったまま、にこやかに、

「当方から武田信玄に申し送ったは、第一に織田信長と徳川家康は我等が手立てをもって

亡き者にすること。第二は、わが子信康は武田の味方とするので信長と家康を倒した後は徳川の本領は安堵されたし、の二つ」

と語った。

「何ですと。先ずは、如何にして織田信長と家康を討つのです。家康は言うことを聞かぬ岡崎衆をほぼすべて討ち滅ぼしてしまっておりますぞ。家康だけでも先ずもって手が出せぬのに織田信長まで。それに徳川の本領安堵とは、せっかく苦労して手に入れた遠州を武田にくれてやるということですぞ」

信康は思わず声が大きくなるのをかみ殺しながらうめく様に言った。

「良いではないか。あやつらを亡き者とする何か策があろう。それより、武田からは早速に返書が来ましたぞ」

「な、何とありました。返書には」

「こちらの要求はすべて呑んだぞ。見やれ、それこの通りじゃ」

築山殿は手文庫を開けると、中から一通の書状を取り出した。そしてそれを信康に手渡した。信康は大慌てでそれを開いて読み始めた。

「……お申し越しのことすべて請合い申し候……、郡内の小山田兵衛が昨年妻をなくしおり……、一体これは何でござるか」

「ふ、ふ、ふ。いやな、家康を亡き者とした後はわらわは独り身じゃ。武田のしかるべき者の妻にしてたも、と書き送ったのじゃ。郡内の小山田と言えば武田の重鎮ぞ。なかなかの話なのじゃ」

築山殿は遠くを見るような顔をした。

「ちっ」

信康は舌を打った。何ということだ、武田に通ずる文に自らの嫁ぎ先を求めることまで書き込むとは。武田に馬鹿にされるのは必定。

「母上、この書状のことは誰にももらしてはなりませぬぞ」

信康は言い含めて、築山殿の部屋を後にした。築山殿のはしゃぎように不安を覚えながら。

信康の心配は当たった。急にニコニコし、浮き浮きし始めた築山殿に侍女たちが何かあったのかと尋ねたのに対して、

「わらわはいずれ甲斐の国に移り住むやもしれぬ」

等と答えてしまったのだ。この噂は当然浜松城の家康の元に届いた。

と、ここは浜松城の奥の小部屋、家康の居間といったらよいか、部屋の真ん中に小さな炉が切ってある。炭火が赤々と燃えている周りに川魚の串刺しや山芋の串刺しなどを炙っている。酒はまずは飲まない。酒を飲んで酔っているときには戦えないから当時の武将は酒をほとんど飲まなかった。時代劇を見ると侍が酒ばかり飲んでいる様に思うが、伊達藩士であったわが曽祖父などは酒の味を侍の時代には知らなかったという。

炉の正面奥に家康が座っている。炉を囲むように酒井忠次、榊原康政が座っている。乞食同然の頃から家康と行動をともにしてきた股肱の家来だ。だから彼らだけになると遠慮がない。

「殿、築山殿と信康殿の噂をご存知か」

酒井忠次が切り出した。家康は芋の串の焼き具合を確かめるためにくるっと、一ひねりして焦げ目を見ていたが、チラッと横目で酒井の方を見て、

「何やら怪しげな医者と懇ろになっているという話か。誰も触ってやらぬでのう、体が疼くのであろう。男狂いならさせておけばよいわ。で、信康がどうした」

と答えた。芋の方を見ながらも酒井の話をしっかり聞き取っている様子だ。

「信康殿には側女を置かれたとか」

「何、側女を。女一人を別に置いたとて一向に構わぬが、徳姫は信長様の実の姫じゃ。何か申されているか」

「戦国の世に、子が多くなければならぬのは徳姫様とて十分ご承知、それ自身は悔しくとも仕方のない事と割り切り成されているのでは。ただ徳姫様には男子のご誕生がいまだ無きゆえ、それなりに感ずるところはおわすかと」

「それだけのことか」

「いや、信康殿はこのところ御酒を飲みすぎてご乱行が過ぎるとか」

「乱行とはどのような」

「小姓を庭で手討ちになされたとか」

「穏やかでないのう。誰も止めぬのか。数正はどうしておるのじゃ」

「石川殿は色々意見をしている由なれど信康殿は全く耳を貸さず、かえって暴れまわっておられるとか。かといって信康殿ご自身が乱行に気づいているようにも……」

「なに」

家康が忠次に鋭いまなざしを送った。炭火に焼かれた岩魚がじゅじゅっと、口から泡を吹き出した。魚の焼けた香りが炉から流れた。

「信康自身が気づいているようだと。それは乱行を演じておるということか」

家康の言葉が急に厳しくなっている。魚も芋もその串は炉の灰に突き刺さったまま焼けすぎて焦げてしまっているが誰も手を出せない、緊迫した空気が張り詰めている。

家康の迫力に一瞬ものが言えなくなった忠次がようやく答えた。

「そのように感じられます。築山殿の急な男狂いと言い、何かを隠しているような」

「忠次、その男というのはどこから来た者か」

「唐国の者と言っておるようですが噂では甲州から来たとか」

「う〜む、ひょっとすると甲州と」

「当家は武田とは打ち合わせの上で今川領を切り崩しておるところですぞ」

「なればこそ、万が一そのような動きがあればまずいのじゃ。それに信康は徳姫の婿じゃ、押し込めるにしても信長殿の了解が必要じゃ。ともかく、二人の様子を見張れ。念のためにいつでも兵を差し向けられるように用意しておけ」

終に炉の魚も芋も焦げて小さく、炭のようになってしまった。


翌日の午後のことである。

「殿、武田より穴山梅雪殿が突然来訪、至急お目通り願いたしと申しております」

「何、至急会いたいとな。うむ、通せ」

田楽狭間での今川義元の死

ここでちょっと脱線して時代背景を説明しよう。永禄三年五月、駿河、遠江、三河の太守であった今川義元は三万五千の兵を率いて上洛を果たそうとしていた。今川家は室町将軍足利家の分家で本家に跡継ぎがいないときは将軍を出すという、徳川時代の御三家のような立場にある家柄だから上洛して応仁の乱以来乱れに乱れた世を鎮めようとするのも当然のことだった。

しかし、上洛するには織田信長のいる尾張を通らなければならない。これをひねり潰すのは訳のないことだができることなら兵の消耗がない方が良い。そこで、尾張は通るだけゆえ臣下の礼をとれと信長に申し送った。その際、今川の先鋒となって近江の六角や加賀の朝倉などを討つならば今川が占領している尾張の知多、愛知の二郡を返してやっても良いぞ、と付け加えた。

信長は仏徒の今川義元の臣下になどなりたくはない、かといって織田の勢力で今川に勝てる筈もない。そこで三月に岡崎城でという面談を引き伸ばし、四月という面談日も断り、なんのかんのと言っては逃げていた。

痺れを切らした今川義元は五月十日には先発の井伊部隊を出発させ、翌日には自らも西上を開始した。そして十五日に岡崎の城まで来い、と織田信長に指示を出した。しかし信長は出てこない。やむなく丸根と鷲津の砦を軽く攻めて火を放った。信長に恭順を迫ったのである。

五月十八日に沓掛の法照寺に滞陣していた今川義元は松平元康に命じて大高の城に近在からかき集めた兵糧を運び込んだ。

そしてその五月十八日の夜、清洲城には信長と佐久間大学や織田玄蕃等の重臣たちが集まっていた。

「明日はいよいよ今川義元の元に伺候せんといかん。いくらなんでももう引き伸ばせんわ。これ以上もたもたしておれば三万五千の大軍にこの清洲城などひとたまりもなく潰されてしまうじゃろ」

さすがに強気の信長も相手の兵力の大きさを考えれば戦えぬことが分かっていた。それよりも何とか織田を残さねばとその方策ばかりを考える毎日だった。

「しかし。今川義元は冷たい男との評判ですぞ。今川に降った我等尾張の者を盾替わりに先鋒にして上洛の道すがらの邪魔立てする者たちへ当たらせるは必定、どっち道ひどい目にあう事になりますな」

と佐久間玄蕃が肩を落として言うと、

「先鋒にて敵と当たるはまだ良い。挨拶に出向いた先で今川義元にそのまま討たれぬとも限らぬぞ」

と信長は弱気なことを言った。そして、

「もしもわしが討たれるようなときは奇妙丸を人質として渡さずに何としても連れ戻し、残った者で育て、いずれ織田の跡目を継がせてくれい」

と続けた。

その様子には濃姫も俯いて涙した。

「舞うぞ」

と突然叫ぶや、信長は扇子を持つと座敷の中央に進み、

「人間、五十年、下天のうちに比ぶれば、夢幻の如くなり、ひとたび生をうけ滅せぬ者のあるべきか」

と舞う。ぽん、ぽん、ぽぽん、と濃姫が鼓を打つ。濃姫の頬を涙が伝った。美濃のマムシ

と恐れられた斎藤道三の娘が見せた事のない涙を見せたのだ。ああ、父道三が存命であればこの危急のときを何とでもしのげたであろうに、今は美濃の後押しも期待できぬので尾張は今川に飲み込まれようとしているのだ。

「死のうは一定、しのび草には何をしよぞ、一定語りおこすよのお」

舞を終えた信長ははやり歌を歌った。寂しそうではなかった。遠くを見つめるような目で一点を見ながら自分に語りかけるようにはっきり歌った。

信長は覚悟を決めていたのである。この世に生まれて死なぬ者はない。それが早いか遅いかの差だけだ。いずれ死ぬものならば死んでからも語られるように名をこそ残すべきだ、と。明日、今川義元の元に出向き挨拶をした後、今までの面会延期を重ねた咎で殺されるかもしれない。殺されずとも今川上洛の先兵となって戦わされ戦場に果てるかもしれない。いずれにしても死は避けられない可能性が高い。かといって義元の元に出向かねばこの清洲城とともに抹消されてしまうだろう。何度考えても、どう考えてもそれならば生き残る可能性のある道をとり、最後の名を成す手立てを求めるのみなのだ。

その心が分かるだけに濃姫の涙は止め処もなく流れていたのである。正妻の濃姫とは形だけに近い夫婦であり、日ごろから生駒氏と暮し、子をなした信長ではあったが濃姫はそれなりに信長をいとおしく思っていた。

「我は寝る」

と突然言うと、信長は寝所に引き上げていった。明日はひょっとして殺されてしまうかもしれない信長と夜が明けるまで添い寝していたいと濃姫は思ったのだが、信長は奥に消えてしまった。一人で思うところがあるのかもしれないと思えば押しかけるわけにも行かず、濃姫は寂しく自室にこもった。


「法螺を吹け、具足よこせ」

信長の大声が未明の清洲城に響いた。濃姫は大慌てで起き出し、信長が具足を着けるのを手伝った。

「湯漬けを持て」

信長は具足を着けながら腹ごしらえの手配をした。食べるのは白米の湯漬けではない。子供のころから食べなれている雑穀の湯漬けだ。

「供は間に合う者だけでよい。今川義元殿にお目にかかりこの清洲の城にご案内をするだけじゃ。明日のご出立に間に合えばよいと各在所に立ち戻っている者に伝えよ。今夕に今川義元殿をお迎えする用意をしておけ」

信長は具足を着け終わるまでの間に次々に指示を出した。心が決しただけではなく、行動が始まったのである。

そこに小姓が湯漬けを運んできた。

「うむ」

信長は頷くと、湯漬けをさらさらとかき入れた。そしてさらに一杯の湯漬けを続けて食べた。

「奇妙丸の支度はできておるか」

信長は正面を見据えたまま尋ねた。

「ははぁ、既に着換えを終わられ、お廊下にてお待ちでございます」

と近習の岩室長門が答える。

「中へ連れて来よ。濃に会わせてやれ。実の子ではなくとも織田の跡継ぎじゃ。これが最後になるやもしれぬ」

連れられてきた奇妙丸を濃姫は抱き寄せた。腹を痛めた子でなくとも濃姫も女、子が人質となって行くのが悲しくないわけがない。大粒の涙が頬から流れ落ちた。

「出陣に涙は罷りならぬ」

信長の甲高い声に、

「はい」

と濃姫は涙をぬぐった。

「いざ」

信長はそう言うと急ぎ足で廊下に出ていった。ドン、ドン、という足音が遠ざかっていく。広間に残った濃姫は暫くじっと動かなかったが出ていく信長を見送ろうとやぐらに向かった。

まだ真っ暗な中、清洲城の大手門から六騎が走り出ていく。たいまつの明かりのある大手門の前までは見えたがすぐに闇の中に消えてしまった。

信長と近習の岩室長門、長谷川橋介、佐脇籐八、加藤弥三、山口飛騨の主従六騎は一団となって三里ほど離れた熱田の森の源太夫の宮まで一気に駆けた。辺りが少し明るくなってきていた。

信長は宮の拝殿前まで進むと、

……我が織田の家は代々の熱田の宮の氏子なるに、今般仏徒の今川義元の軍門に下ることやむなしとなった。願わくはお怒りなく我を許し、加護の手を差し伸べるよう願う。今はやむを得ぬが何時の日か仏門の徒を滅ぼしこの国を神の国にする所存なり……

と祈った。

その時奥殿から、シャリ～ンと鈴の音が聞こえた。

……おお、神は我が願いをお聞き届けになった……

信長は我が意が神に通じていることを確信した。拝殿に灯るロウソクの火が何か揺れたようにも感じたのだ。

信長は拝殿を後に家来の元に戻った。すると、清洲の城から追ってきたであろう四五十人の雑兵が集まっていた。そこへ神職が二人現れ、

「この護符を身につけられよ。必ずや熱田の神が守って下さろう程に」

と言いながら熱田明神の護符を配って回った。ちょうどその頃には清洲の城の雑兵ども二百人ほどが眠い目を擦りながらこの源太夫の宮に集まってきた。何も手配をしてこなかった信長の俄かの出立についてこられるのはこの程度が限度だった。

「今熱田明神に武運を祈りしところ、拝殿奥より鈴の音響けり、これ目出度きしるしなり。これより今川義元公の御陣に伺候する。者ども、続けや」

と馬に乗った信長は下知した。

雑兵どもは熱田明神の護符をあるいは懐に、あるいは被り物の中にごそごそ入れていたが、信長の下知を受けてそれぞれ鑓を担ぐと信長と五騎の近習の馬を追って走り出した。ちょうど上げ潮の時刻なので海岸の浜を走りぬけることができない。信長たちは内陸の道を丹下砦に向かった。そしてそのまま善昭寺に走った。善昭寺には佐久間大学率いる兵たちがいた。しかしこれらを併せても二千には到底及ばない軍勢だった。

信長はさらに中島砦に向かうべく出発した。中島砦までの道は深田の中の一本道、しかも馬一匹、人一人が通れるだけの細い道だ。ここを通っている時に攻撃を受けたらひとたまりもないところである。しかも今川義元が陣を敷いている桶狭間山からは丸見えの道だった。

今川義元たちは勿論その様子を見ていた。

「見よ、漸く清洲の織田信長が挨拶にやってきたわ。騎馬武者は十騎に満たず、後は雑兵のみじゃ。先ほど討ち込んできた馬鹿どもと違って殊勝なことよ。あれでは上洛の先手を申し付けても役には立たぬかもしれぬな。親父の織田信秀は侮れぬ武将であったが」

今川義元はきらびやかな自軍と比べて装備や服装、それに何よりまして兵の数が見劣りするのに驚いていた。

「ここに来たら、信長の首を即刻はねてやろうとも考えたがそうする事もあるまい。とにかくあやつを引き連れて清洲の城に今宵は宿を移すことにいたそう。そこらの俄か作りの砦より遥かにましだろうからな」

と言っている間に西の空から急に黒雲が湧いてきた。その雲が頭上に来る前に突風が吹き始めていた。ポツ、ポツっと降り始めた大粒の雨が当たると痛いくらいの土砂降りになるのに時間はかからなかった。今川軍は木の陰に雨をよけようとしたが人馬の数が多すぎてよけきれない。今川義元の御座所の幔幕は吹き飛び、義元は床机に腰掛けているわけにもいかずその巨体をもてあまし気味に立っていた。

「殿、暫しこの下の狭間にて雨をおしのぎ下され」

小姓が義元の手を取って急な坂道を下り、がけ下のくぼみに誘導した。御大将がくぼ地に降りたので旗本たちも火縄銃部隊もくぼ地に降り、てんでに崖の下に雨を避けた。鉄砲の火縄が篠つく雨に濡れるどころか、鉄砲自身もびしょ濡れでぬるぬるして持ちにくくなっていた。

中島砦を出た信長たちは桶狭間山を目指して進んでいたが、突然の豪雨に見舞われた。その時、前方を行く一団百五十人ほどに気がついた。粗末ながら一応、鑓や刀を持っているし、胴丸もつけている。

「ありゃ何処の者か」

信長の問いに、

「様子から見るに野伏せりの類かと」

と、岩室長門が答えた。

と、その中から一人が近づいてくるなり、

「清洲の殿、今川義元は桶狭間山にはおりませんぞ。この俄かの雨風をよけようと田楽狭間に降りて崖下で雨をよけておりまする。警護の者たちの鉄砲も火縄が濡れて役に立ちもうさん。三万五千の軍勢も伸びに伸びて今川義元の周りには数百しかおりますまい。ほれ、ここに来て崖下をご覧ぜよ」

と呼びかけた。

「殿、そのような野伏せりの言うことなど取り合ってはなりませぬぞ」

岩室長門が信長を押しとどめようとした。しかし、

「今川義元が崖下で雨風をよけて身を寄せていると」

と信長はつぶやくなり、野伏せりの一団の居る林の中に一人で向かった。

そして崖下を覗き込むと信長は、

「これは千載一遇の好機かも」

と漏らした。信長の目はらんらんと輝いている。考えているのだ。

……今川義元の三万五千の軍勢には到底勝ち目はないと和睦というより、詫びを入れての織田家の存続を願うためにここまで来たが、濡れた火縄の鉄砲を持つ数百の軍勢のみで崖下で雨をよけているとは。今急襲すれば十分勝ち目はあるではないか。元々仏徒の今川などに頭は下げたくなかったのじゃ。そうじゃ、今朝方の熱田大明神での瑞祥とはこのことを指していたのか……

「清洲の殿、急に雨があがり、青空が出始めましたぞ。機を逃がせば未来永劫今川に支配されまするぞ。及ばずながらわれ等も助勢仕る覚悟。いざ、心を決められい」

「むむ、してお前たちの望みは」

「清洲の殿の家来にしてもらおうと言うのではない。今川義元を討った暁には今川の兵の鎧、胴丸、兜、弓矢、槍、鉄砲などの武具の剥ぎ取りと軍資金の持ち出しをお許し願いたい。時がござらぬお返事をはよう」

「そのこと承知。ならば参る」

と言うなり信長は家来どもにこう言った。

「先ほど来の雨風は熱田大明神のなしたるものに相違なし。今川義元は役立たずの鉄砲衆とともに崖下で縮こまっておる。熱田の瑞祥は我等が今川に勝つことを示したものじゃ。者ども今こそ仏門の徒、今川義元の首を討ち取ってくれん。わき目を振らず義元一人を求めよ。首は討ち捨てよ。ひたすら突き進むのじゃ」

言い終わるより早く信長は長鑓を背負うようにして垂直に近い崖を滑り降り始めた。遅れじと、近習が崖を飛び降りる。それを雑兵がさらに追った。勿論加勢するといった一団も慣れた感じで崖下に突っ込む。

驚いたのは今川の者たちだった。くぼ地の崖下で雨宿りをしていたが、余りの雨脚の強さに全身びしょ濡れになり、ただでさえ重い胴丸がさらに重くなり、肌にへばりつく衣類に参っていた所だった。持っている鉄砲は火縄ともども濡れきっており、先ずはこれを何とか乾かさなければと思っているところに、何と頭上の崖から見慣れぬ軍勢が滑り降りてくるというより、落ちてきたのだ。

たちまち今川の軍勢は大混乱に陥った。鉄砲衆は槍など持っていない。火縄が湿って役立たない鉄砲など身を守るには却って不都合だ。なす術もなく織田方の長鑓に刺し貫かれて倒れていく。木偶同然に倒れる鉄砲衆を見て今川義元の旗本は義元を囲むようにして引き退いていく。その旗本の数はおよそ三百だ。しかし、その引き退く速度は余りにも遅い。

周囲どの方角から敵が来るかもしれぬ場合の備えは円陣が基本だ。その円陣のままの移動は頭で考えるよりはるかに難しい。半ば押しくら饅頭のような具合での移動となっている。さらに移動を困難にしているのは今川義元自身の運動能力だった。駿河、遠州、三河三国の太守ではあったが日頃武術に明け暮れていたわけではない。むしろ歌舞音曲を楽しみ、傾城を近くにはべらす生活をしていたために義元は超肥満体だった。体の動きが鈍かったのである。主が移動できなければ旗本も移動はできない。したがって円陣はゆるゆると退却をしていたのである。

これを追う信長は、子供のころから山野を駆け巡る生活だったが、長じても歌舞音曲には興味はなく、武芸の稽古と野がけを日常としていた。主が野人的であれば家来も自然にその類となる。乗り捨てられた義元の塗り輿を見つけ、その先に円陣を作る旗本を見て、

「今川義元はあの円陣の中ぞ。者ども、いま少しじゃ、かかれぇ」

と、信長が大声で叫ぶ。

その声に野伏せりの一団の中の世良田次郎三郎が配下に下知した。

「われらの運を開くは今ぞ。ここで織田に負けられてはこれまで仕組んだ苦労が水の泡。者ども敵の旗本を崩せ。だが義元に鑓をつけるな。それは織田方に譲るのだ。それ、いかざぁ」

との駿河弁に、

「おお、やらざぁ」

と配下の駿河衆や遠州衆がときの声を上げた。

今まで様子見をしていた一団は疲れていなかった。その百五十人ほどが一斉に円陣に向かって波状攻撃を仕掛けたのだ。一波、二波、攻撃の都度今川の旗本の数が減っていく。円陣と言うものは内部からは攻撃も守備もできぬものなのだ。円陣の一番外側の者がかろうじて鑓で戦っている。三百人の旗本が居ても外側に居るのは七十人ほど、何百と言う織田勢と世良田次郎三郎の一団の前には歴然たる兵力差があった。

円陣が小さくなり、陣形が崩れた。よろよろと歩く今川義元の姿が見えた。二つ引き両の幟も見えたのである。

「今川義元はあれにいるぞ」

と言う声に、我こそは一番鑓を、と思った織田の兵たちが殺到する。一番に走りこんだ服部小平太が、

「服部小平太、見参」

と叫んで鑓を繰り出した。その鑓は腰の辺りを刺したが重厚な鎧に阻まれ浅手を負わせたのみ。が、その時義元は左文字という名刀を、

「何を、やくたいもない」

と言うや、抜きつけた。

小平太は鎧などつけぬ雑兵の身分の者、義元の名刀に尻を切り割られて、

「ひーっ、助けてくりょ」

と叫んだ。その声を聞いて飛び込んできたのが毛利新助、

「小平太、わりゃあでぇじょうぶだか」

と言うなり、長槍を繰り出し義元の足をすくった。

たまらず、どうと倒れる義元。もがくが、大鎧を着ているためと肥満体のために一旦転ぶと容易には起き上がれない。その様子を見た毛利新助、大将首を取る千載一遇の機会が来たと実感した。

「えいっ」

と繰り出した長鑓が義元の胴を貫いた。しかし、好機到来と慌てたために急所を外してしまった。

「ええい、誰かある。この敵を討て」

と、義元は大声を上げた。

……旗本が助けに駆けつけてくれれば面倒なことになる。とにかく黙らせなければ……

毛利新助は手足をばたつかせている義元に馬乗りになるなり、

「大声を出すでにゃあだに（大声を出しちゃいけないよ）。黙るだい（黙るんだ）」

と叫びながら左手で義元の口を覆った。そして腰から刀を引き抜くと、義元の喉にあてがい、一気に首を落とそうと身構えた。それを見た義元は、首を切られまいとかぶとの重さも構わず顔を左右に振り、両手で首に当たっている刀をよけようと掴んだ。

偶然に毛利新助の左手の指が義元の口に入った。義元は毛利新助をひるませようとその指を思い切り噛んだ。毛利新助は指が噛み切られると感じ刀に体の重みをかけて義元の喉笛を押し切った。その瞬間義元は断末魔の力で毛利新助の指を噛み切った。

指を噛み切られながらも毛利新助は義元の首を切り落とし、血が流れ出る左手でその首を兜ごと小脇に抱えると立ち上がった。

「でかした、新助。今川義元を討ち取ったか。その首を早う寄こせ」

駆けつけてきた岩室長門は義元の首を奪い取るように受け取ると、返り血を浴びて血だらけになり、大鑓を振り回して自ら奮戦している信長の元に走った。そして、

「殿、今川殿の御首を上げましたぞ」

と大声で叫んだ。

驚いたのは信長よりも信長と戦っていた今川の武将の方だった。自分たちの主が既に首になって敵の手にあるのだ。瞬間的に力が抜けた。

反対に力が倍になったのは信長だった。

「長門、その首を鑓の穂先につけて高く掲げよ。皆の者、大声で叫べ、駿河御所、今川義元の首を討ち取ったり、と」

それを聞いた織田勢は口々に、

「今川義元を討ち取ったり」

と叫んだ。その声は田楽狭間のあちこちにこだまの様に響いた。

今川勢は急に崩れ始めた。大将の今川義元が討ち取られては戦う意味がない。また、いや

いやながら止むを得ず今川にしたがってきた豪族どもが今川義元の討ち死にを知って俄かに織田側に寝返るかもしれない。ここはいち早く戦線を離脱して本領に戻るべきなのだ。勢いを増した織田勢は逃げようとして深田に足をとられ、もがいている今川勢を次々に鑓で刺し殺していく。すぐに、近くには今川の兵がいなくなった。

「者ども、桶狭間山に集結せよ。勝どきを上げる」

信長の声に織田の軍勢は意気揚々と桶狭間山に移動した。田楽狭間には世良田次郎三郎の一団が残った。

「今川に手を突きに来た信長に、この好機逃すべからずと裏切りを勧めたのだが、本当に今川義元を討ち取るとは望外の成果じゃ。ささ、信長たちが桶狭間山で勝どきを上げている間に、鎧、兜、胴丸、鑓、刀など武具を集めよ。そして今のものと交換して身につけよ。さらに持てるだけ武具、弓矢などを持て。あの今川の旗印のそばに軍資金の金櫃があるはずだ。探し出して持ち去るぞ。われらは織田信長の今川への裏切りの生き証人じゃ。気が付いて我等を討ちに来るかもしれぬ。できるだけはようここを去るのじゃ」

この田楽狭間の戦いを従来は織田信長の奇襲だったとしているものがほとんどである。しかし事実はこのような裏切りであったのだと思う。信長公記の記述を以下に引用して、内容を吟味してみよう。

永禄三（一五六〇）年五月十七日、今川義元勢の先陣は沓掛に参着し、翌日大高城へ兵糧を運び込んだ。この動きから、今川勢は翌十九日の援軍の出しにくい満潮時を選んで織田方の各砦を落としにかかるに違いなしとの予測がなされ、十八日夕刻から丸根・鷲津からの注進が相次いだ。

しかしその夜、信長公は特に軍立てをするでもなく、雑談をしただけで家臣に散会を命じてしまった。家老たちは「運の末ともなれば、智慧の鏡も曇るものよ」と嘲笑して帰っていった。懸念の通り、夜明け時になって鷲津砦・丸根砦が囲まれたとの報が入った。注進をしずかに聞いた後、信長公は奥に入った。

そこで敦盛の舞を舞い始めた。

人間五十年　下天の内をくらぶれば　夢幻の如くなり
一度生を得て滅せぬ者のあるべきか

ひとしきり舞った。

そして、

「貝を吹け」

「具足をもて」

とたて続けに下知を発した。出された具足をすばやく身につけ、立ちながらに食事をすると、信長公は兜を被って馬にまたがり、城門を駆け抜けた。このとき急な出立に気づいて後に従ったのは、岩室長門守ら小姓衆わずかに五騎であった。

主従六騎は熱田までの三里を一気に駆けた。辰の刻（七時）ごろ、上知我麻神社の前で東方に二条の煙が立ち上っているのを見、信長公は鷲津・丸根の両砦が陥落したことを知った。この間、出陣を知った兵が一人二人と追い着き、人数は二百ほどになっていた。

熱田からは内陸の道を進み、丹下砦に入り、さらに善照寺砦に進んで兵の参集を待ち、陣容を整えた。そして前線からの諜報を待った。御敵今川義元は、このとき桶狭間にて四万五千の兵馬を止めて休息していた。

時刻は十九日の正午にさしかかっていた。義元は鷲津・丸根の陥落を聞いて機嫌をよくし、陣中で謡をうたっていた。また松平元康は、この戦で先懸けとして大高の兵糧入れから鷲津・丸根の攻略まで散々に追い使われ、大高城でやっと休息を得ていた。

信長公が善照寺に入ったのを知った佐々隼人正らは、「この上は、われらで戦の好機をつくるべし」と語らい、三百あまりの人数で打って出てしまった。攻撃はいとも簡単に跳ね返されて佐々は首を挙げられ、配下の士も五十余騎が討死した。これを聞いた義元は「わが矛先には天魔鬼神も近づく能わず。心地よし」とさらに上機嫌になり、謡を続けた。

信長公はさらに中島砦に進もうとした。しかし中島までは一面の深田の間を縫って狭い道がつながっているのみであり、敵からは無勢の様子が丸見えとなるため、家老たちは馬の轡をとって諫めた。それでも信長公は聞かず、振り切って中島砦へ移った。この時点でも人数は二千に満たなかったということである。信長公はさらに中島をも出ようとしたが、今度はひとまず押しとどめられた。

ここに至って信長公は全軍に布達した。

「聞け、敵は宵に兵糧を使ってこのかた、大高に走り、鷲津・丸根にて槍働きをいたし、手足とも疲れ果てたる者どもである。くらべてこなたは新手である。小軍ナリトモ大敵ヲ怖ルルコト莫カレ、運ハ天ニ在リ、と古の言葉にあるを知らずや。敵懸からば引き、しりぞかば懸かるべし。而してもみ倒し、追い崩すべし。分捕りはせず、首は置き捨てにせよ。この一戦に勝たば、此所に集まりし者は家の面目、末代に到る功名である。一心に励むべし」

ここで、前田又左衛門利家・毛利十郎・木下雅楽助らがそれぞれに斬穫した首をもって参陣した。信長公はこれらも手勢に組み入れ、桶狭間の山際まで密行した。するとにわかに天が曇り、強風が吹き付け、大地を揺るがす豪雨となった。この突然の嵐によって、沓掛の峠に立つふた抱えほどもある楠が東へ向け音をたてて倒れた。人々はこれぞ熱田明神の御力であろうとささやき合った。

やがて空が晴れてきた。信長公は槍を天に突き出し、大音声で「すわ、かかれえっ」と最後の下知を下した。全軍は義元本陣めがけ黒い玉となって駆け出した。

この様を目にした今川勢は、ひとたまりもなく崩れた。弓も槍も鉄砲も打ち捨てられ、指物が散乱した。義元の塗輿までも置き去られた。未刻（午後二時頃）のことであった。

この混乱の中にあって、義元は周囲を三百騎ばかりに囲まれて後退していた。そこを織田勢に捕捉され、数度にわたって攻撃を受けるうちに五十騎ほどにまで減ってしまった。

信長公も馬を下り、旗本に混じってみずから槍をふるい、敵を突き伏せた。周りの者たちも負けじと勇戦し、鎬を削り鍔を砕いて激戦を展開した。歴戦の馬廻・小姓衆にも手負いや死者が相次いだ。そのうちに服部小平太が義元に肉薄した。義元は佩刀を抜いて服部の膝を払い、これを凌いだが、その横合いから今度は毛利新介が突進してきた。義元も今度は防げず、毛利の槍に突き伏せられてついに首を預けた。毛利は先年武衛様が遭難された折、その弟君を救った者である。人々はその冥加があらわれてこのたびの手柄となったのだろうとのちに噂した。

戦は掃討戦に移った。桶狭間は谷が入り組み、谷底には深田が作られている。まったくの難所であり、逃げまどう今川勢は田に踏み込んでは足をとられ、織田勢に追いつかれて首を挙げられた。信長公の元には首を得た者たちが続々と実検におとずれた。信長公は実検は清洲にて行うと申し渡し、義元の首のみを見、もと来た道をたどって帰陣した。晴れやかな表情であった。

これより先、信秀殿の死後すかさず今川方に寝返った鳴海城の山口親子は駿河に召し出され、切腹させられていた。この度義元は鳴海に四万の大軍を置きながら、わずか二千の信長公に討たれてしまったが、これも山口親子を殺害した因果というものであろう。

一方今川方にも勇士がいた。駿河の士でかねて義元に目をかけられていた山田新右衛門という者は、義元討死と聞くや馬首を返して織田勢に突入し、戦死を遂げた。また二俣城主の松井五八郎は、その一党二百人とともに戦場に枕を並べて討死した。

河内を占拠していた服部左京助は義元に呼応して大高の沿岸まで兵船を出し、熱田の町を焼き討ちしようとしたが、住民の反抗にあって数十人を討たれ成果なく河内へ引き返した。

信長公は馬先に義元の首を下げて日付の変らぬうちに清洲に帰着し、翌日になって首実検を行った。首数は三千余にのぼった。義元の同朋をつとめていた者が下方九郎右衛門に捕らえられ、引き出されてきた。同朋は義元を始め見知った首についてその姓名を書きつけてまわった。信長公はこの同朋に褒美を与え、僧を伴わせて義元の首を駿河に届けさせた。清洲から熱田へ向かう街道筋の南須賀には義元塚が築かれ、供養のため千部経が行われ大卒塔婆が立てられた。義元の佩いていた左文字の銘刀は信長公の愛用するところとなった。

鳴海城には岡部五郎兵衛元信が籠っていたが、降伏して退去した。前後して大高城・沓懸城・池鯉鮒城・重原城も開城した。

「田楽狭間の戦いの前夜、信長は陣立てもせずに雑談をしただけで奥に引きこもった。そして家老たちはその様子を馬鹿にしていた」

今川義元を奇襲するつもりなら陣立てが必要だ。まして今川軍は三万五千の大軍、尾張のすべての兵を率いても全く相手にならぬほどの大軍だ。この様子からは今川義元を襲う気持ちなどなかったと見るのが妥当だ。

「夜明けにおきた信長は『貝を吹け』、『具足よこせ』と命じているが、『これより今川と戦う』とも『急ぎ、陣立てを』とも言っていない。近習と主従僅か六騎で清洲城を飛び出し、熱田神宮に向かっている」

信長は清洲城を出発する時にも出陣の触れを出していない。奇襲に出かけたとは到底思えない。

「信長が向かったのは熱田の宮だった」

信長は神徒の家系である。反対に今川義元は仏徒の家である。中世の打ち続いた戦は日本の原住民系の源氏と渡来系の平氏といった民族間の争いとともに神道という在来宗教と仏教という渡来宗教との戦であったのだろう。この背景は矢切止夫氏の著作を参照されることを勧める。神徒の信長は元々仏徒の今川に膝を屈するのがいやだった。しかし、今川に膝を屈せざるを得ない以上熱田の宮にもうでて許しを得る必要があったものと考えられる。

「中島砦への道は深田の中の一本道で敵からは無勢の様子が丸見えだった」

今川を奇襲しようとする者が殆ど兵のいない姿を敵に見せていくわけがない。奇襲するなら姿を隠し、敵に見つからぬようにして近づくのが当たり前である。しかも今川義元の陣は桶狭間山という山の上にあった。丸見えであったといってよい。

「急に大変な雨風が起きた。大木が倒れ、まるで熱田の神軍が来たようだった。今川方に谷は正面から雨風が当たり、織田勢には背後から当たった。(その風雨の勢いに堪らず今川義元の陣形が崩れた)そしてまた急に空が晴れ渡った」

正面から叩きつける風雨に今川勢が右往左往するのを見て、今川に膝を屈するのがいやだった信長は約束を反故にして今川勢に襲い掛かることに変心、いわば裏切っての攻撃に転じた。これを周到に考えた奇襲作戦などと捉えるのは極めておかしなことだ。

築山殿と信康を始末せよ

表書院に穴山梅雪を迎えた家康に、梅雪は、

「大切な話がございますゆえお人払いを願わしゅう」

と言った。

酒井忠次との話し合いで築山殿と信康の行動に疑念を抱いていた家康にはピンとくるものがあった。

「分かった。奥の居間にてお話を承ろう。ただし、忠次は同席させるが良いか」

「酒井殿なればむしろご同席をお願いいたしたく」

「ならば、これより直ちに」

三人は奥の居間に入った。昨日家康と忠次が密談をしたその居間だ。

「誰かある」

家康が小姓を呼んだ。

「ご用にござりましょうか」

小姓が廊下から声をかけた。

「内々の話しをする。何人も近づけるな」

「かしこまって候」

家康は昨日と同じ炉の向こうに胡坐をかいた。その向かいに穴山梅雪、脇に酒井忠次が座った。穴山梅雪は刀を小姓に預けて入室しているが酒井忠次はいつでも刀を抜きつけられるように体の左側にひきつけている。武士の作法だ。ちなみに武士が対面の時、刀を右側に置くとか、刃の向きを反対にするとかいうのは恐らく嘘である。刀をいつでも抜きつけられるようにしているのを意にも介せず話ができるのが武士なのだという（伊達藩士だった我が曽祖父談）。

「遠路ご苦労であった。それで大事の趣とは」

家康の顔が厳しいものに変っている。

「前置きは抜きでかいつまんでお話しいたします。手前、先ごろ躑躅が崎に出向いた折大殿信玄公から見せられたものがござった。それは築山殿より信玄公に当てた密書でござった」

梅雪は急に声を低くして語った。

「やはり左様なことでござったか。して、何が書いてあったのか教えていただけるかな」

家康は困った顔をして言った。

「勿論でござる、そのために駆けつけて参ったのでござりまするからな」

梅雪は一旦深く呼吸をしてから静かに口を開いた。

「密書に書いてあったのは次の三点にござる。一つ、家康殿を築山殿と信康殿で亡き者とすること。いや、密書に書いてあったことゆえ無礼の段は……」

「よいよい、続けられよ」

「二つ、家康殿亡き後は信康に松平家の本領安堵をされたし。三つ、築山殿を武田家のしかるべき大身の妻とされよ。というものでござった」

家康はじっと梅雪の目を見つめながら言った。

「それで信玄公は何か申されてか」

「はは、信玄が申しますには、徳川家康様とは同盟を結びて今川領を分け合おうとしているところである。このような申し出不可解であると。とにかく私めに浜松に行き、すべてをお話しして参れとのことでした」

「信玄公のご信頼誠に忝し。で、その密書に返事はなされましたのか」

「はい。密書を受け取りながら返事をいたさずば怪しみもしようから、すべて分かり申したと返書を送ったよしでございます」

「確認いたしとうござるが、その密書は築山が送ったものと申されたが信康の花押はござったか」

「いや、築山殿だけからのものでした」

「このような事を伺うのも恥ずかしきことながら、信玄公の元まで密書を運んだ者をご存知か」

「恐らくは築山殿のお傍の唐人医者の手の者ではないかと」

「他に信玄公からのお言葉はございませんでしたか」

「信玄が申しますには、返事は出しておいたがこのような密書がこの世に残っていては何時か災いの種になる。手元の密書は焼き捨てると申され、我が目の前で燃やされましてございます。なお、老婆心ながら上手に片付けられるように、とのことでした」

「いやはや、何から何までのご配慮いたみ入ります。信玄公にはこの家康がそう申していたとお伝え願いたい。後のことはわれらで思案をいたしますゆえ、今日はゆっくり過ごされて下され」

「それでは手前はこれにて失礼をいたします。何か甲州へ伝えることなどあらば遠慮なくお話し下され。あさっての朝までは当地におりますゆえ」

穴山梅雪が立ち去った後、家康と酒井忠次との間には沈黙が続いた。それも重い沈黙だった。

「密書まで送っておったとはな」

家康がつぶやく様に言った。

「信康殿成人の暁にはこの三河を宰領させ、殿が隠居なさるという言葉が実行されぬのが我慢ならぬということでしょうな」

酒井忠次も沈んだ調子で答えた。

「信康成人の暁に岡崎城主にする約束は果たしたぞ。その後切り取った三河の残りと武田との取り決めで今川の遠州を切り取りつつあるのは、これは皆われらがものじゃ。決して松平の本領などではない。それを、何を不足を申すのか」

「確かに、石川数正などはそこのところは分かっておる筈でございましょう」

「わしが岡崎城主となったとき反旗を翻して一揆を起こした者などはすべて滅ぼした。残っていた松平の長老を含め主だった者も種々理由をつけては討ち果たした。それを苦々しく思う者もまだ残っているということじゃろう」

「密書を発したのが築山殿とは」

「いや、それよりも、本領は信康に安堵して欲しいとあるのが問題じゃ。このこと信康も承知している証拠じゃ」

「が、信康殿はこの頃はご乱行が過ぎるとか、女子も閨に引き入れているそうな」

「そこじゃ、あの信康が急に乱行などいたすわけはない。あれは稀に見るしっかり者ぞ。なればこそ織田信長公も娘を嫁に下されたばかりか名前の一字も下された。信康を子と思っておるのよ」

「ならば信康殿のご乱行は計算ずくの芝居と」

「そう思うて間違いないじゃろう」

「殿にも男の子がござりますよのう、秀康様と秀忠様とが」

「秀康一人では心もとないが秀忠も育ちが良いようじゃ」

「なればゆくゆくは実のお子様にこの苦労して手に入れた領土を継がせるのが当然」

「いやさ、信康が岡崎の城主でよいと言うなら岡崎をやっておけば良いとも思うていたのじゃが、わしが苦労して手に入れたものをすべて欲しいというなら捨て置くこともできまい。まして築山と結託してわしの命を亡き者とするのでは」

「始末をせねばなりますまいか」

「せずばなるまい。しかし問題は大きい。仕掛けが必要じゃの」

「築山の始末は一存でやってもどこからも文句は出まいが信康は別じゃ、あやつは信長殿にかわいがられておるだけではない、徳姫を嫁にもらっておるのじゃ。余程の理由がなければ始末をするわけには参らぬぞ」

酒井忠次は、う〜む、と考え込んでしまった。そして暫くの後、

「信長公に可愛がられているからこそ、信長公に処断を口にしていただくのが一番では」

と、家康の顔を上目遣いに見ながら静かに言った。

「なんとして信長公にそう言わせるのじゃ」

「当家としては武田へ通じたることよりも、築山殿と示し合わせて父である家康を討たんとする陰謀が発覚、本来直ちに処断すべきものなれど、信長公のご息女を嫁に戴いていることもあり、苦慮いたしております る、と信長公に申し述べてはいかが。信長公のご性格なれば、よう知らせてくれた、信長と徳姫のことには構わず家の中を固めるにしかず。信康がこと存分に始末されよ、と申されると読み申すが」

「なるほど。わしもそれが一番良い方法のように思う。されば、忠次、お前の知恵じゃ、ちょうど天主ができたお祝いに誰かをやらねばと考えておったところじゃ、お前が安土に出向いて信長公に話をつけるのじゃぞ」

「はは、しかし忠次一人では不足。後日のために証人が必要。奥平九八郎を同道いたしたい」

「それは良い配慮じゃ。が、出かける前にな。徳に、安土に参る用事があるにより信長公に書状などお届けできまするが、と申せ。乱行が過ぎるなら徳にも不満があろう筈じゃ。その不満が書状に表れてくれればわれらの申し出も一段真実味が増そうというものじゃ」

「殿、何時もながらお知恵が回りますな」

「駄目だずら、ちーとばか考えにゃぁ」

「困るだに、生まれが分かってしまうずらよ」

二人は生まれ在所の言葉を丸出しにしてお互いに笑いあった。そう、二人は旗揚げ以前からの仲間だったのだ。

天承七年七月十六日、酒井左衛門尉忠次と奥平九八郎信昌の二人は家康の名代としてその五月の安土城の天守閣の完成のお祝い言上およびお祝いの馬を献上のため、安土に参上した。

暫くして信長公より二人に召しだしがあった。広間に平伏していると信長公が出座し、

「ちこう、ちこう」

と声をかけた。二人が近くにまで膝行していくと、

「家康殿よりの祝いの馬、確かに受け取った。良き馬である。家康殿にお礼申しておった
と伝えてくれ」

「はは」

「届けてくれた徳よりの書状を見たが、ちと訊ねたきことがある」

「はは、何なりと」

「家康殿のご妻女築山殿が減敬とか言う医者を引き入れて寵愛並々ならずとはまことか」

「はは、その通りでございまする」

「そのようなことは家の乱れの始まりじゃ。捨て置くわけには行くまいの。それに信康が
下賤の女を閨に引き入れて、徳の所には来ぬそうだが、これもまことか」

「相違ございませぬ」

「信康めが酒を飲んで乱れ、庭にて小姓を切り捨てたとあるが、これもまことか」

「相違ございませぬ」

「何を聞いても相違ないとは、浜松殿は何と申されてか」

「実はさらに由々しきことがござりますがお聞きいただけましょうや」

「何、これ以上にまだあると申すのか」

「実は主、家康を亡き者にしようとの陰謀がござりまする」

「何と」

さすがの信長も驚いて、

「浜松殿を亡き者にしようとの陰謀とな。そのようなこと、企みおった奴を討ち果たせばよいではないか、何故に余にそのようなことを……」

と言ったが、その後の言葉に詰まった。

「余に聞くということはその陰謀の主が余の娘婿ということか」

「まことに申し難いのでございまするが。その陰謀については築山殿から甲州武田に密書まで出されておりました」

「……うむ、浜松殿にこう伝えよ。この話は元々が三河の中の問題、信長が意見を申す筋にあらず。信康がこと信長に遠慮なく処断されよ。場合によっては、徳は安土に引き取る

ゆえ、となʼ

「忝きお言葉、しかと主、家康に伝えまする」

浜松城では家康が酒井忠次一行の帰りをまだか、まだかと待っていた。

「おお、安土への旅、大儀であった。それで信長公は何と仰せられたぞ」

家康は身を乗り出して答えを待っている。

「は、この話は元々が三河の中の問題、信長が意見を申す筋にあらず」

酒井忠次が奥平九八郎信昌の方を向いて確認の頷きを得ながらゆっくりと信長の口上を繰り返していく。

「さすが信長殿じゃ」

家康は耳を傾けながらも嬉しさを顔に表している。

「信康がこと信長に遠慮なく処断されよ」

「何、処断しても良いとな」

「は、確かにそのように。そして続けて……」

「続けて何と言うた」

「はい、場合によっては、徳は安土に引き取るゆえ、と仰せでございます」

「で、でかした、忠次。それじゃ、その言葉じゃ、わしが待っていたのは」

「殿、これにて我等は岡崎に入りこんで以来の最大の障害を取り除くことができまするぞ」

「じゃが、信康を始末するとなると岡崎衆が騒ぐことになるな。それを押さえ込むとなるとここは織田信長様の圧力で、ということにしなければ乗り切れんな。今、家中で大騒動を起こしたら武田にも舐められるどころか攻められるやもしれぬ」

「確かに。しかし、徳姫様をどうなさいます。信康様がいなくなってしまえば信長公の元に帰られましょう。その時に信長様の命じゃ、では問題の種では」

「いや、信長様とて既にことが終わってからでは何ともできまい。そのときは、そうでもせねば信康の一派が納得せぬゆえお名前を借り申した、と言うまでよ」

家康は腹を決めた。これがいずれ大変なことに発展するのをその時は気づかなかった。

謀反の疑いあり、ということで信康は現在の天竜二俣にある二俣城に押し込められた。その二俣城に同じく送られることになった築山殿はその道中、八月二十九日に浜名湖の辺で殺された。

そして同年九月十五日には大久保忠世が城主の二俣城で信康は自刃して果てた。二俣城は甲斐との間で何度も取り合いになった国境の城である。甲州に逃げられるものなら逃げてみよ、という家康の取り扱いなのかもしれない。

信長の甲州攻めに明智光秀は、そして信長は家康の所領を巡察。果たしてその意図は

時は移って天正十年、織田信長は武田勝頼を討つべく二月三日に陣ぶれを出した。すなわち、駿河口は徳川家康、関東口は北条氏政、飛騨口は金森五郎八、伊奈口は信長と信忠二手に分かれて乱入と決まった。

その日のうちに先陣として織田信忠の命により森勝蔵と団平八は尾張勢と美濃勢を引き連れて先陣として、木曽口と岩村口に出陣した。ここに織田信長の甲州攻めが開始されたのである。

二月九日になり、信長は諸将を安土城に集めた。甲州攻めの指示を出すことで信長は何時もより興奮していた。上段の間に座っているのが落ち着かずに立ち上がって、居並ぶ織田軍団の主だった者を睥睨していた。

「此度の戦にて武田勝頼を滅ぼさんと思っておる。ついては当面の備えを次のように申し渡す」

そう言うと信長は近習の森乱に向かってあごをしゃくった。直ちに森乱が立ち上がると、紙を取り出して読み始めた。

「申しつくること以下の如し。一つ、河内連判烏帽子形、高野、雑賀表へ宛置くこと」

と読み上げる。続いて、

一、泉州一国、紀州に押し向け候こと

一、三好山城守、四国へ出陣すべきこと

一、摂津国、父勝三郎留守居候て、両人、子供、人数にて出陣すべきこと

一、中川瀬兵衛出陣すべきこと

一、多田出陣すべきこと

一、上山城衆出陣の用意、油断なく仕るべきのこと

一、藤吉郎一円、中国へ宛置くこと

一、永岡兵部大輔の儀、与一郎、同一色五郎罷りたち、父、彼の国を警固すべきこと

一、惟任日向守、出陣の用意すべきこと

であった。

信長が付け加えた。

「日向守光秀、亀山からは遠路のことゆえ人数は少なく召し連れよ。三十もあれば良いぞ」

日向守光秀は、

「はは、恐れ入ります」

と答えながら真っ赤になって俯いていた。居並ぶ諸将の視線が織田家の大大名として一番前に座っている光秀に注がれていた。

　これから武田と決戦するというのに少ない軍勢で来いとわざわざ言われたのである。武将としての恥辱である。この恥辱はかつて長篠の合戦のときにもあった。参加させてもらえなかったのだ。それどころか上洛を済ませた信

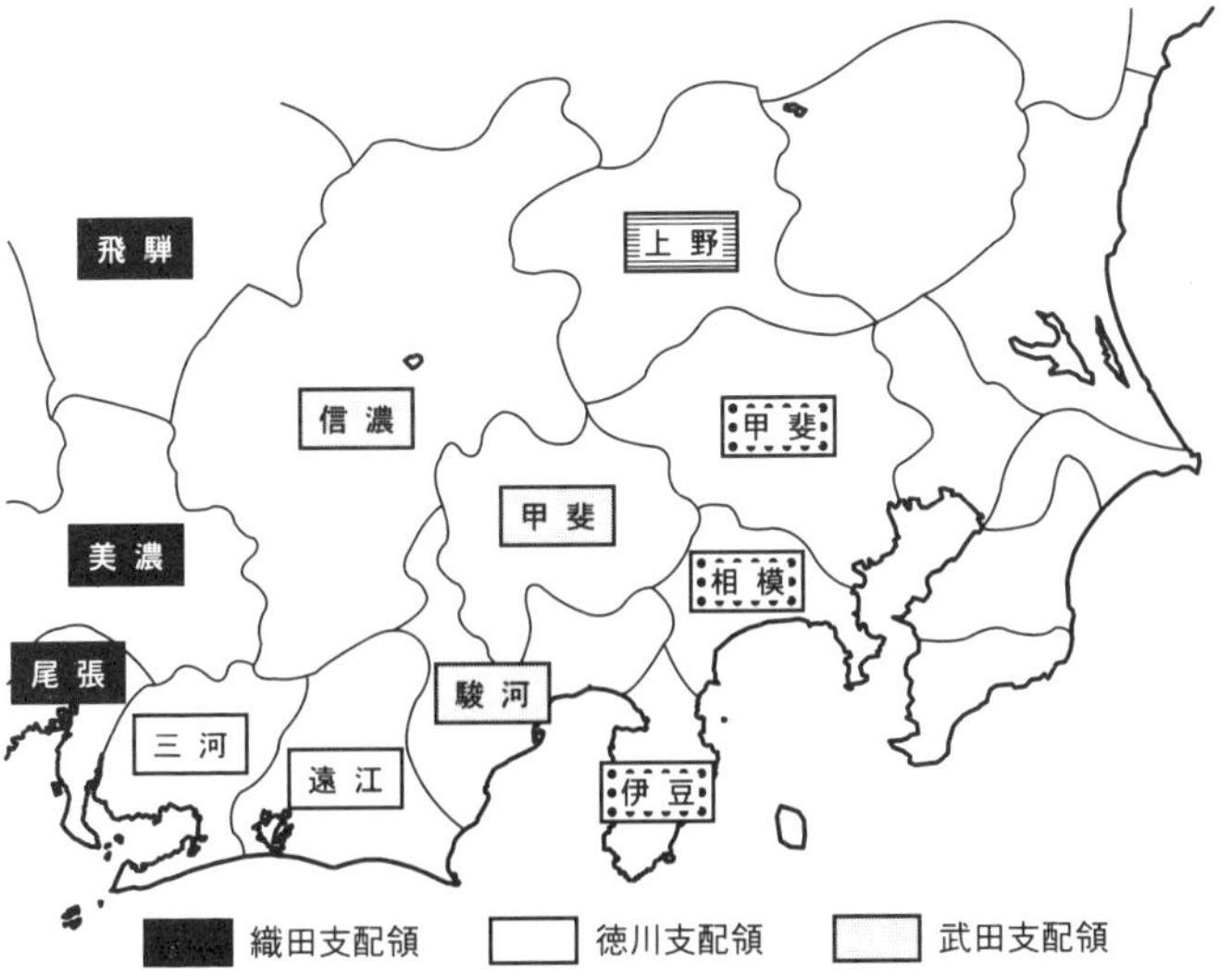

甲州攻め直前の勢力図

長が、光秀が用意した船で坂本から琵琶湖を渡るはずが、急に陸路に変更されたのだ。武田との合戦が近づくと何時も光秀は遠ざけられたのだ。

今回の合戦には出陣の用意を命ぜられた。しかし軍勢は少なくて良いと満座の中で言われてしまった。これでは戦に行くのではなくてまるで捕らわれ人のようではないか。


この状況にはわけがあった。喜多村家伝「明智家譜及び明智系図」という古文書がある。光秀の子供で妙心寺に入った玄林が光秀の妻の実家である伊賀の国の柘植城主、喜多村弥兵衛に書き残したものだ。

それによれば、「……明智光秀十兵衛尉後号惟任日向守干時享禄元歳戊子三月十日於干濃州多羅城誕生生母武田信虎女也、信玄姉也……」とある。すなわち、明智光秀の母は武田信虎の娘で信玄の姉だと言うのだ。言い換えれば武田信玄は明智光秀の叔父であり武田勝頼は明智光秀の従兄弟である。

武田一族と親戚関係にある明智光秀を長篠の合戦に連れて行かなかったのは当然だったが、天正十年の明智光秀は名も惟任日向守となり、その石高も五十一万石という織田家の家来の中でも群を抜いた大大名だった。ここまで大きくなった大勢力を背後においてその親戚を滅ぼす戦をするわけにはいかないのだ。そこで、信長は光秀を甲州攻めに連れて行くことにした。しかし大舞台で傍におくのは危険との判断であろう、そこで軍勢は少なくて良いとわざわざ言ったのである。出陣とは名ばかり、厳重に監視された状態で信長に従ったのだ。大大名にもかかわらず甲州攻めでは惟任日向守の名は殆ど出てこないし、勿論戦功も立ててはいない。

この甲州攻めで重要な役割を果たしたのが穴山梅雪だ。穴山梅雪の母は武田信玄の姉、南松院夫人であり、妻は信玄の次女見性院だ。つまり武田宗家に極めて近い関係で、親族衆筆頭の地位にあった。そして武田家中では例外的に、郡内領の再支配を認められた岩殿城主、小山田氏と同様に河内領の再支配と言う別格待遇を受けていた。つまり、独立した領地を持っていたのだ。

お気づきの方もいると思うが、この穴山梅雪と武田信玄との関係は、明智光秀の場合と酷似している。二人ともその母は武田信玄の姉だ。だから二人とも武田勝頼とは従兄弟の関係である。

武田信玄と徳川家康が今川氏真を東西から攻めたころの武田信玄から家康への使者は穴山梅雪が務めていた。そして信玄亡き後、穴山梅雪は勝頼の資質に見切りをつけ、武田家の家名存続を条件に徳川家康に降った。

そして、穴山梅雪は駿河口から甲州に乱入する徳川家康勢の道案内をして甲州攻めに参加する。この穴山梅雪の裏切りは武田勝頼の滅亡に決定的影響を与えた。天正十年二月二十五日、府中に差し出してあった穴山梅雪の妻子が夜間、雨の降る中、府中を脱出した。それを聞いた勝頼は武田典厩等と共に信州諏訪の上原の陣を引き払い、新府の館に引き上げたが、その過程で逃亡者が続出し勝頼軍はあっという間にその勢いを失ってしまった。それだけ、人望のあった穴山梅雪が見限った影響は大きかったのである。

三月一日には信忠の軍は天竜川を越えて高遠の城に向かい、三月三日には上の諏訪に至っている。この日、徳川家康は穴山梅雪を道案内にして駿河口から甲州に攻め入った。

同日、武田勝頼は造ったばかりの新府の城に火をかけ敗走を始めた。かつて武田信玄の時代、周囲の国々に恐れられた精強な武田軍団は既に崩壊したのだ。

三月五日になってついに信長が動いた。安土を出て江州の柏原に移動、七日には古巣の岐阜に到着している。

同じ日に信忠は甲府に入り、一条蔵人の屋敷に陣を構え、武田の一族や家臣の残った者を捕らえて処断している。風林火山の標語は既に武田のものではなくなり、今や織田軍こそその言葉に相応しい行動をしている。

三月八日には信長は犬山に至り、そして、金山、高野を経て十一日には岩村に陣を移した。

この十一日に郡内の小山田に領内立ち入りを断られ、僅かに主従四十一人にまでになってしまった武田勝頼は田子において自刃した。ここに武田の嫡流は途絶えたのである。信忠が出陣したのが二月十二日だから一ヶ月も持ちこたえることなく武田家が滅亡したことになる。如何に人心が離反していたかの証拠であろう。

織田信長は武田弱し、の報告を受けながらゆっくり陣を移している。三月十三日には斑羽根、十四日には「なみあひ」に陣取り、送られてきた勝頼の首実検を行っている。十五日には飯田にまで移動。十六日には同所で武田典厩の首実検をし、十七日には飯島の陣取りをした。

ここに中国表の羽柴秀吉からの知らせが届いている。内容は戦況の報告である。

……目下、高松の城を取り囲み、くも津川、えつた川の両川の堰を切り、高松の城を水攻めに致しおり候。毛利、吉川、小早川、大軍にて攻め来るも我等前面にて留まり候。睨みあひの状態にござ候……

これに対し、信長は次のように指示した。

……高松城の水攻め、良策と存知候。毛利、吉川、小早川とは決戦を避け対峙を続けることと肝要に候。当座の和睦好ましく存知候……その後のこと追っての沙汰を待つべきものなり……

さて、織田信長は三月十八日には高遠の城に陣を設けた。そして翌十九日には上の諏訪に移り、法花寺に陣取った。この上の諏訪で信長は暫く滞陣することにして諸手の陣取りを段々に申し付けている。この陣取りの最後の方に惟任日向守の名が見える。光秀から見ればはるかに小者の名前より後に名が出てくるのは、信長の本陣からかなり外れた位置に陣を割り当てられたことを意味するのだろう。信長から遠ざけられていたことは間違いない。

これまでに数々の手柄を立て、五十一万石の大名に取り立てられていた光秀の名前が、この甲州攻めに関しては出陣の触れの時とこの陣取りの部分以外信長公記には出てこない。異例の扱いと言える。手柄を立てるどころか後方で閉じ込められながら従軍していたと見るのが正しいのだろう。

既に武田勝頼も自刃し、武田家が崩壊したので、上の諏訪は滞在中の織田信長に戦勝祝いを述べに来る武将たちでごった返していた。

三月二十日には木曽義正が出仕、その晩には穴山梅雪がお礼言上に参上、信長に馬を進上している。翌二十一日には、北条氏政からお祝いの使者が来た。

三月二十三日にいたり、信長は滝川左近に「関八州警護の任」を命じ、上野の国と信州の二郡を与えると共に、関東入国の際に用いるべしと信長秘蔵の名馬をも与えた。

二十四日には「ふかし」にて諸陣にお扶持米を配り、今回の甲州攻めの労苦をねぎらった。

そして二十四日の夜、織田信長は近習の森乱丸をそばに呼び寄せた。

「乱、あれほどわしの前に立ちはだかり、恐れさせた武田も滅びた。しかもその滅び方はまことにあっけなかった。我等も同じようなことにならぬように気をつけねばならぬな」

「はっ、災いの種は早めに見つけ、その芽は摘み取っておかねばなりませぬ」

「乱、分かっておるようじゃの。災いの種とは誰のことだと思うか」

「恐れながら、徳川様ではないかと」

「その通りじゃ。かつては今川に対抗するために清洲の城で同盟の約定を交わした。今川が滅んだ後は武田に対抗するために徳川の三河と遠州を緩衝地帯として利用した。長篠の合戦でも同盟軍として戦った。そして今回の甲州攻めだ。徳川家康の調略で穴山梅雪を取り込んだために武田は内部から崩壊した。我等は軍勢を損ずることなく甲州を手に入れたのだ」

「まことに徳川様は我等とは清洲以来の同盟関係を大切にし、戦のたびにずいぶん働いてくれました」

「そうじゃ。だが武田が潰れた後は共通の敵はない。そうは思わぬか」

「いかにも。今や織田の支配は尾張、美濃、近江、甲州、信州、上野、越前などなどに及びもはや周囲には敵はございませぬ」

「ということはもはや清洲同盟はその役目を終えたのじゃ」

「と申すより、我が織田の支配地の中に徳川という強大な勢力があると言うこと」

「さよう、それも三河、遠州、駿河の三国を領する大大名としてな」

「三河、遠州、駿河の三国と言えば、かつての今川義元なみの大きな力だということですな」

「それでじゃ。わしはこの諏訪から世に有名な富士の峰を見物し、その後まだ見たことのない駿河、遠州、三河の国をも見物しながら安土に戻ることにするぞ」

「見物しながらでございますな。それならお供の人数は少なくしなければなりませんな。陣立て、用兵に長けた者や、城の縄張りの読み取れる者、それに絵師などもいた方がよろしゅうございますな」

「分かってきたようじゃな。心して準備に当たれ。明日上野の国に旅立つ滝川左近には明朝わしから良く話しておこうぞ」

四日後の三月二十八日織田信長は諸将を集めて言い渡した。

「今回の甲州攻めも首尾よく終わった。信忠の働きは特に優れておった。いずれ天下のことも信忠に譲ることになろう。さてこれからじゃが、わしはここまで来た序に富士の山を見物し、見たことのない駿河や遠州を見て周り、安土に戻ろうと思う。ついては軍勢をこから伊奈口、木曽口より帰し、諸軍の頭に限り供をすることを命ずる。徳川殿には手数をかけることになるがそうそう何度もあることではないのでよろしく案内を頼みたい」

それを聞いた徳川家康は大声で、

「駿河、遠州をご覧いただけるとのこと、これより案内の準備をいたしまする故、お気軽にお出まし下さいまし」

と叫んだ。

その夜、徳川家康は明智光秀の陣を訪ねた。

「光秀殿、この度の仕儀、止むを得ざるのことにはあれど、多くの身内をなくされたことさぞご無念にござろう。まして武田との親戚関係のため戦に加えてもらえず、ただ供をさせられしは却って辛いお立場であったと存ずる」

「いやいや、これすべて戦国の習いにてやむなきことにて候。それよりも、ついに武田は滅び申した。これよりの世の中は今までとは大きく違ったものになるでありましょう。徳川殿におかれては行く末をよ〜く見通してゆかれることが肝要と存ずる」

捕らわれ人のような扱いの光秀と長話をしては信長に疑われるので二人の会話はほんの短いものであった。

翌三月二十九日、信長より、攻め取った甲州などの知行割りが発表された。信長の脇に控える森乱丸に、

「乱、知行割を皆に読み上げよ」

と信長が鋭い声で命じた。

「はっ、上意により、これより新たなる知行割を申し上げる」

森乱丸が立ち上がると知行割を書いた覚えを読み上げ始めた。

「甲斐の国一国、川尻与兵衛に下さる。ただし穴山梅雪本地分を除く」

「ははぁ、有り難き幸せにござりまする」

川尻与兵衛が大声でお礼の言葉を言上する。

「次に駿河の国は徳川家康殿に進上」

それを聞いた徳川家康が、

「駿河は我等の念願の地でござった。有り難くお受け申す」

と答えた。

「次に上野の国は滝川左近一益に下さる」

これに対する滝川一益の声はなかった。彼は既に信長から拝領の名馬に乗って三月二十五日に上野の国に向かっていたのだ。

「信濃の国のたかい、みのち、更科、はしなの四郡は林勝蔵に下さる」

「木曽谷の二郡、木曽の本地に付き今までどおり木曽殿に知行を許す」

織田信長に内応し、武田瓦解のきっかけを作った木曽氏は本領を安堵されたのだ。勿論、大声でのお礼言上が行われた。

「待たれよ」

森乱丸が木曽のお礼言上を遮った。

「木曽殿、お礼はまだ早うござる。本地に加えてあつみ、つかまの二郡を新地として合わせ下さるとの上意にござる」

「な、何と。所領倍増のご恩、終生忘れ申さじ」

木曽は平伏して言った。その肩が震えている。本領安堵を条件として織田信長に寝返ったのに、本領に加えての所領倍増に感激一入だったのだ。

「続いて伊奈一郡、これは毛利河内へ」

「続いて諏訪一郡、これは穴山分の替地として川尻殿へ」

甲斐一国を所領とした川尻だが、領内に穴山梅雪の本地一郡があったために不足の一郡ができていたのを埋め合わせる措置だった。この措置により川尻は国持ち大名となったのだ。

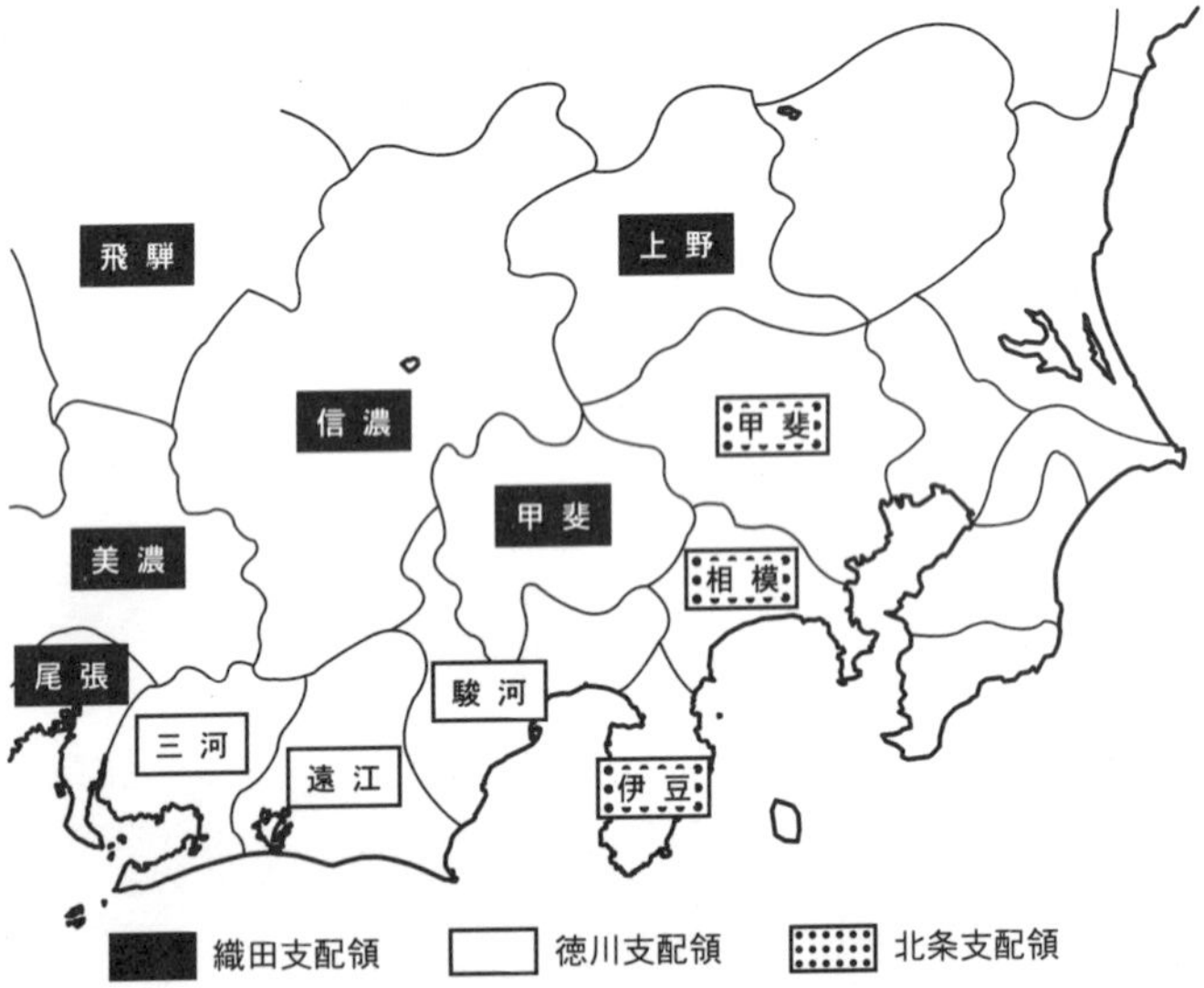

甲州攻め直後の勢力図

「信濃の国の小県、佐久の二郡はこれも滝川左近一益に下さる」

「岩村は団平八に、金山よなだ島は森乱に下さる」

知行割の発表に引き続いて、森乱丸は知行に関する信長の指示を読み上げた。


陣所に帰った徳川家康は、信長公ご一行の駿河、遠州ご巡察の準備をこまごまと指示した後、酒井忠次をそばに呼び寄せた。

「忠次、昨日の信長候の仰せ、すなわち、駿河、遠州のご巡察ご所望のことと本日の知行割りを聞いて何を感じたか」

家康は小さな声で話しかけながらも酒井忠次の目をまっすぐに見詰めた。その額には深い縦じわが見える。

「恐れながら、今日までは武田という織田、徳川共通の敵がござったが、今や甲斐に武田はございません。すなわち我等共通の敵は消えうせました。よって徳川、織田の同盟もその役目を終えたものと」

「そうじゃ、わしもそう思うぞ。それだけではない。清洲で結んだ同盟が既に不要になったのは織田方にとっても同様であろう」

「いや、我等は三河、遠州、駿河の三カ国を領する大大名になりましたが織田殿は畿内から北陸、関東に至るまでを領する、いわば天下様にございます。既に我等と同盟する必要など全くございますまい。同盟は徳川が武田と組まぬためのものであったはず」

酒井は情勢を正確に読んでいた。そして話すうちに自然に声が大きくなるのをこらえるのに苦労していた。

「ではこれからの織田との関係はどうなると思う」

家康は静かに言うと忠次の答えを待った。

「ここは殿と二人だけ、はっきりと申し上げましょうわい」

「おお、そうしてくりょ」

家康もついお国訛りで答えた。

「徳川、織田の同盟が不要になっただけではなく、織田殿にとっては家臣でもない大大名の存在は好ましからざるものでございましょう。まして今や、三河、遠州、駿河の三国を領する徳川は昔の今川の勢力と同じ、西国、四国に手を伸ばそうとする信長様にとっては背後にある大大名にございます」

「ならば、同盟を継続すればよいのでは」

「いや、今川や武田という敵がいればこその同盟、今や徳川は織田にとっての背後の脅威であり、同盟の対象ではございますまい」

「な〜るほど」

「殿が信長なれば何とされまする」

「わしが信長なれば、簡単なことよ。徳川を滅ぼそうとするであろうぞ」

「それ、殿も同じことを考えてござる。上野の国と小県、佐久の二郡を滝川一益殿に下さり、甲斐の国は川尻殿に下さった。見方を変えれば我が徳川は周囲を織田勢に囲まれてしまったことになりまする」

「その通りじゃ。では駿河、遠州のご巡察は」

「我等を攻めるときのために城、砦、街道、河、山、沼地などを調べておかんとする策にございましょう」

「そうよ。信長は物見遊山などした事もなければ、するような男ではないわ。ならば、いずれ織田信長殿との一戦は避けられぬと思うか」

「避けることはできざることかと」

「その戦の行方は」

「尾張という西方よりの敵だけならいざ知らず、甲斐からも関東からも攻め寄せるとなれば何時までも持ちこたえることは叶いますまい。結果は負け戦かと」

「他の者が申すのならその首をはねてやろうかとも思う言いざまなれど、わしも同じ考えじゃ。されればご巡察のことといかがするがよいと思うぞ」

「攻め滅ぼそうと隙をうかがっているとすれば、何かを見せまいとすればそれは謀反の心があるからとの言いがかりをつける理由を与えることになりましょう。ここは逆にこんなところまで見せるのか、というほど見せてやればよいのではございませぬか」

「なるほどのう。腹のうちを裏返して見せるほどに見せておけば、同盟を最後まで守った律儀な徳川を討った織田という悪名も残ろうというものか」

「殿。今は時を稼ぐにしかず。機を見て、策を立て、滅ばされる前に滅ぼすことを考えねばなりませぬぞ」

「よし、信長殿には城という城を全てご覧戴こう。戦物語も添えてな。ついでに兵糧蔵までも見せてやるとよいわ」

家康と忠次の密談は深夜にまで及んだ。

徳川家康の命により駿河、遠州、三河への信長殿ご巡察の準備が進められていた。普請奉行の配下の者が各地に飛び、街道の整備と泊まり、泊まりの宿所の建設を始めた。街道は道幅を広げ、石をのけて整地し、道の両側に竹や木で柵を作り、外側に兵を配置できるようにし、名所や景色のよいところに休憩所を作り、湯茶接待の用意をし、泊まりにはお供の衆たちの宿所を造り、城には御座所を綺麗にしつらえさせた。勿論朝夕のまかないの準備も念入りに行った。

四月二日、信長の一行は諏訪を発ち、大ヶ原に移動した。滝川左近がしつらえた御座所には北条氏政から雉五百羽以上が届けられ、一同はその珍物を十分に味わった。

翌四月三日、大ヶ原を五町ばかり進むと雪を戴いた富士山が姿を見せた。そして既に灰燼と化した新府城を見、やがて古府、すなわち甲府の信玄館に到着し、信忠が造った仮御殿に陣を移した。堀久太郎、惟住五郎左衛門、多賀新左衛門はここでお暇を貰い、草津温泉に向かった。

この日恵林寺では僧ほか百五十名余が焼き殺された。その中の快仙和尚は火中にて「安禅必ずしも山水を用いず。心頭滅却すれば火もまたおのずから涼し」と言ったことで有名だ。時にこの和尚は美濃の国は土岐氏の出、すなわち明智光秀とは親戚だ。光秀は武田攻めで

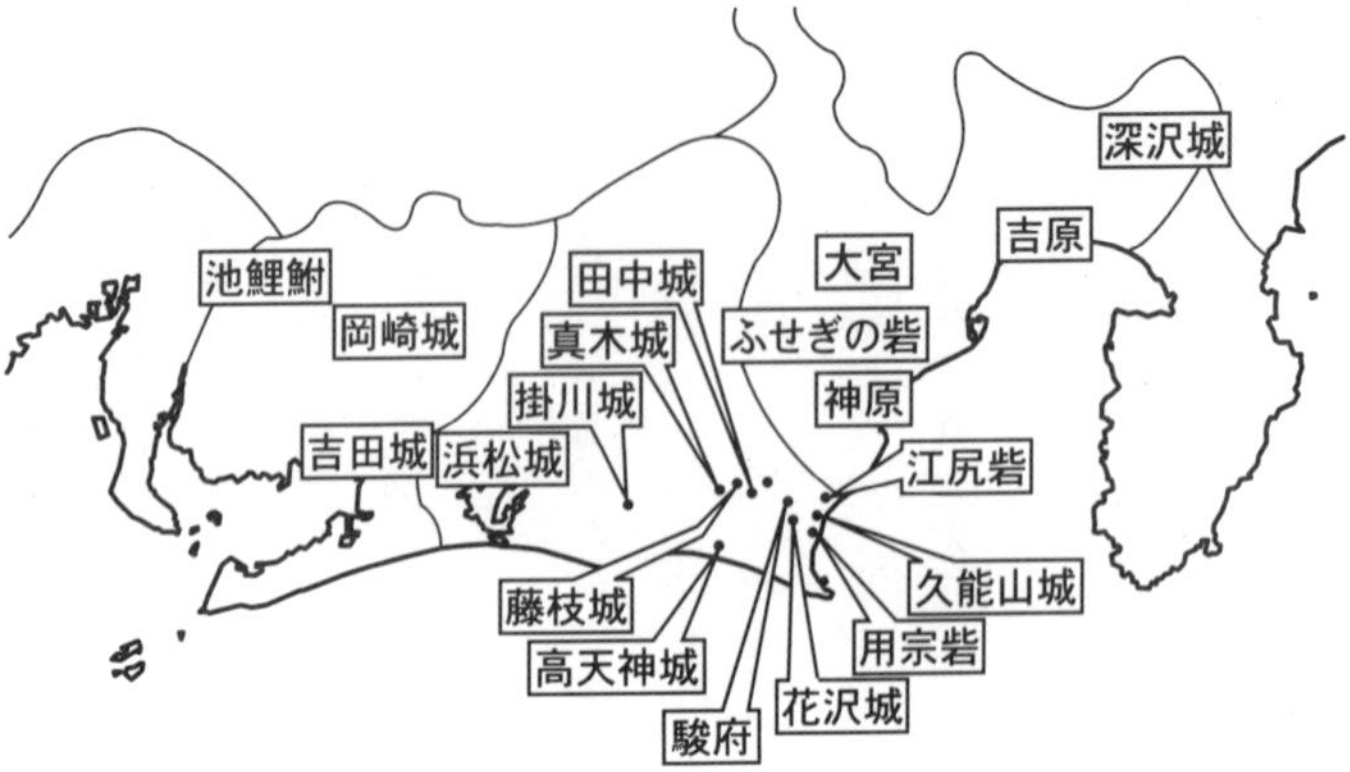

織田信長が検分した徳川家康領内の主な城・砦

多くの親戚を失っている。

　信玄館あとに逗留していた信長は四月十日、甲府を発ち、うば口にて陣を取った。そこには立派な陣屋が新たに構えられており、二重、三重の柵で守られ、一行の供の者への宿舎もこしらえられていた。勿論朝夕の食事も一行全員の分が用意された。それには流石の信長も「ここまで致すとは奇特なり」と漏らしたほどだった。

　四月十一日払暁に、うば口を出立して「女坂高山」に登った。谷あいに降り立つと、そこには御茶屋を新築してご休息の用意ができていた。

　次に登る「かしは坂」も高い山で、草木が一面に茂っていた。それを家康の手の者が大木を切り倒し、道普請をし、さらに周りの峰々にまで兵を配して警戒させていた。その「かしは坂」の峠にも茶屋を作り置き、休息を願った。

その日は「もとす」で陣を取ったが、ここにも立派な陣屋がこしらえられていた。また家来たちのために「うば口」同様に宿舎が用意され、まかないも十分に提供された。

四月十二日の未明に「もとす」を発って、富士の山を見ながら南下し、「人穴」の風穴を見物した。人穴とは富士の風穴の一つで、昔、富士が噴火した時に山頂から流れた溶岩中のガスが抜けたあとが洞窟となったものである。修験道が盛んな頃にこれらの風穴の奥深くに仏像を祭ることがよくなされた。

人穴の前にしつらえた茶屋で暫しの休息を取った織田信長と家来衆は、その後、当時から有名であった白糸の滝を訪れた。そして源頼朝時代の話を聞きながらさらに南下し、浮島が原を、馬を止めて眺め、大宮（現在の富士宮）を宿所とした。

この浮島が原と言うのは湿地帯であり、その中の島が、大風が吹くと移動するのでそう名付けられた地域のことだ。粘土質の沼地の上に木の生えた島が点在し、その島が場所を変えるのを筆者は子供時代に実際に見たことがある。恐らく織田信長もそういった説明を聞き、興味深く浮島が原を眺めたに違いない。

大宮とは富士の宮のことだ。つまり富士浅間神社である。信長は行く先々での用意のよさ、様々な配慮に驚き、感激していた。そしてその礼にと巡察の旅半ばではあったが家康に、吉光作の脇差、一文字作の長刀、「黒鮫」と言う名の名馬を贈った。

　その夜、穴山梅雪を呼び出した家康は、

「梅雪、明日、本地に戻ってくれ」

「それは構いませぬが」

　と、不審な顔をする梅雪の横で、陪席していた酒井忠次が黙って頷いていた。

「戻ったら武田の家臣だった者をできるだけ召抱えてくれぬか」

「はは、武田が滅亡して以来、この梅雪が元に仕官を望む者引きもきらぬ状況でございますが、この梅雪の所領は僅か一郡、そんなに抱えきれるものではございません」

「分かっておる。召抱えるのはこの家康じゃ。何人でも良い、多ければ多いほどな。梅雪ならば、使える者と使えぬ者の区別が付くであろう」

「分かり申した。しかし、それほど武田武士を抱えて如何なさるご所……、うむ、それでは殿……」

「それから先は言うな。そのそれでは、よ。それ故にのう、甲州のことを良く知る者、名高き武田の軍法を使える者が必要なのじゃ」

「ことは急ぐと」

「左様、できる限り急ぎ抱え、一隊、二隊を作り上げてもらいたい。そして巡察の一行が三河を出たときには浜松の城に到着するように頼む」

「分かり申した。すぐさま手を配り申す。それと同時に我が所領にても兵を増やし、鍛え上げるようにいたしまする」

そこに酒井忠次が口を挟んだ。

「梅雪殿、兵だけではなく、街道を整え、堀を深くし、塀を高くし、兵糧を準備される様に」

「いかにも、攻めにも守りにも強くなければなりませぬな。それにしても巡察にはすべてをお見せ申されるご所存か」

「何かを隠せば必ずそれを悟られる。相手はあの信長ぞ。見せて、見せて、裏まで見せて口実を与えぬようにするのじゃ。それが時を稼ぐ最良の方策であろう」

「いかさま、左様でございましょう」

四月十三日、昨夜、そんな話をしたことなどおくびにも出さず、大宮を夜明けに出立した。足たか山（愛鷹山）を左に見て富士川を越え、神原（蒲原）で休息を取り、その後、吹き上げの松、天神川に至った。そこで信長がこう言ったのだ。

「東国と駿河と甲斐の境にあり、数々の戦の舞台となった深沢の城が見たい。案内できまいか」

……来た。やはり信長は駿河に攻め込むつもりだ……と家康は確信した。しかしその態度は常と変らずゆったりとしたまま、

「深沢の城でござるか。この家康もこのたび上様から駿河の国を拝領いたしたばかり、国境の城までは分かりかねますが、見てみたいのは上様と同じでござれば、これより探し訪ねて見ましょうぞ」

巡察の準備が怠り無くなされていたにも拘らず、信長公記には「……深沢の城、訪ね探され……」と記述されている。すなわち準備していなかった深沢の城検分を信長が希望したものであることが分かる。

予定に無かった深沢の城を訪ねた信長一行は、馬を駆って東海道に戻り、由比、田子の浦、清見の関、興津を経て今の清水にいたり、三保が崎にて羽衣伝説の話を聞いた後、江

尻の南の山を越えて「久能の城」を訪ねた。久能は日本平の南端の悪土地形、すなわち垂直のがけで縁取られた多くの壁状の天然土塁が発達したところだ。その中を進むのは迷路の中を歩くようなもので元の場所に戻ることも困難な場所だ。その一角に築かれた久能の城は他に例を見ないものだった。現在でも久能山に登るのには駿河湾に面した絶壁を千段以上の階段で登るか、または日本平側から深い谷を越えてロープウェーで渡るほかない。その地形のためか、今は石垣イチゴの大産地となっている。

岐阜城（稲葉山城）という山城の経験はあったが信長にとってこの久能の城は驚きだった。城と言うものは元来固い岩盤の上に作るものなのだがこの久能の地質は岩盤などではなく、むしろ脆弱な土である。信長はその発想の軟らかさにむしろ恐怖を抱いていた。

予定には無かった久能の城を存分に見た後信長は江尻の城に宿泊した。

翌四月十四日、夜の明けぬうちに江尻の城を出立して駿河の府中入り口で休息を取り、その後安倍川を越えると、東海道から南に外れて「持ち舟（用宗）砦」まで行き、軍勢の通れぬ大崩の海岸を避けて来る、花沢越えの軍を迎え撃つ持ち舟砦の構えを確認した。そして、東海道に戻ると宇津の谷峠越えに対する備えとしての鞠子の「ふせぎの城」に立ち寄り、宇津の谷峠を越えた。西益津にある「田中の城」を見て、さらに南下し、高草山の隠れ道にある「花沢の城」までにも立ち寄り、何と焼津の「当目の虚空蔵」にまで足を伸ばした後、「田中の城」に戻って泊まった。

ちなみに高草山の花沢越えは遠く万葉の時代のメインルートであった。ヤマトタケルも通った、歴史のある街道である。

四月十五日は未明に田中の城を出立し、東海道を進み、「藤枝」を過ぎ、瀬戸川を越え、「島田」を過ぎ、東海道の難所である大井川を越え、「真木の城」に立ち寄り、菊川を通って夜泣き石で有名な小夜の中山に至る。そこに茶屋を構えて信長に湯茶接待をし、さらに日坂を越えて「掛川の城」を宿所とした。

四月十六日は払暁に掛川城を発ち、見附の国府から鎌田が原を通り、みかの坂まで来て休息、マムシ坂を過ぎて有名な「高天神城」をつぶさに見物した。高天神城は東海道から南にかなり外れた位置にある。信長がどうしてもと希望して訪ねたことは間違いないだろう。この城は遠州の覇権をめぐる幾多の戦いの舞台となった。近くは徳川と武田の戦いも行われた。

そして、天竜川を前にして信長一行は息を呑んだ。天竜川は当時は治水の進んだ現代よりももっともっと荒れ川だった。それ故、橋が架けられない川として有名で、勿論信長もそれを知っていた。それだけに目を疑ったのだ。流れの速い天竜川に船橋が掛けてあるのだ。天竜川には太い綱が何百本も渡され、並べとめられた多くの船が流されないように、さらに多くの太い綱が上流に向かって伸びている。まさに不可能を可能とする大技に徳川の技術力を再認識した。

信長一行の馬もこの船橋を乗り越えて対岸に渡った。ここまでの徳川家康の手配、心遣いには信長も感嘆著しく、その興奮が冷めることなく「浜松城」に到着した。

徳川家康の居城である浜松城のすべてを信長に見せるべく、家康は先頭に立って案内した。そして兵糧倉に来た時、

「ここには如何ほどの兵糧が蓄えてあるのか」

と信長が質問した。

「甲州攻めのこともあり、先年、西尾小左衛門に命じ、黄金五十枚にて兵糧米八千余俵を調達いたし、蓄え置きました」

と徳川家康が答えた。すると、

「それは、それは、よう蓄えられた。その周到な準備、感服いたした。しかし、今や武田は滅んだ。兵糧を蓄えて戦に臨む相手はもうござらぬよ」

と信長が言った。

「いかにも左様。もはやこのような兵糧は必要なくなり申した」

と家康は言うと、

「忠次。聞いたか。この兵糧米の勤めは終わった。一粒残らず家臣どもに配ってつかわせ」

と酒井忠次に命じた。


その夜の浜松城の奥では家康が酒井忠次と話しこんでいた。

「殿。間違いないようですな」

囲炉裏はあるが既に炭火は入れていない。魚の干物、それも、からからに乾いたものを歯で噛み、ちぎりながら茶をすすっている二人だった。

「うむ。深沢の城が見たい、持ち舟の砦、ふせぎの城、花沢の城、高天神の城も見たい。その挙句は浜松の城の兵糧はもう必要ない。どうやら遠くはないようじゃの」

「城、河、山など絵図を描いておるようでございますぞ」

「さもあろう。既に頭の中には合戦の模様が描かれているものと見える」

「それにしても天竜の船橋には驚かれたようでございますな」

「今回のご案内の手筈も、徳川は数日あればこれだけのことができると見せたまでのこと。犠牲を払わずにすぐに攻め落とせる相手ではないことは分かったのではないだろうか」

「確かに。徳川の怖さはよ〜く分かったじゃにゃーだか」

時折、酒井は家康と二人だけの時に遠州弁を使うことがある。

「だがの。あっちがやるっちゅうならこっちもやらまいか、となるしかありもしん」

「既に戦の用意は始めておりまする。家臣に分け与えた兵糧米も明日にはこの城の兵糧倉の中に戻ることになっておりますれば」

「くれぐれも悟られぬようにな。向こうも情報を集めているに違いないからな」

「しかし、もし攻め込まれたら」

「その事じゃ。徳川に味方する者がいると思うか」

「周囲は皆敵方でございますな。もしも盟約を結ぶとすれば明智殿しかおりますまい。武田は明智の親戚でございましたからな」

「明智光秀は武田信玄の甥じゃ。それは穴山梅雪も同じじゃ。ならば梅雪から話しをするのが上策ではないか」

「この度の武田攻めでも明智殿は捕られわれ人の如く扱われておりました。五十一万石の明智殿もそろそろ織田にとっては無用の者になりつつございますな」

「そうじゃ。大きく、強くなればなるほど警戒されるのは世の習いじゃ。秀吉の如く子を持たず、信長公の子を養子として迎えるようなことをせねば生き残れぬのかもしれぬわ」

「後二日ほどで信長様は我等が所領を出られる。それまではひたすらご案内に努めましょうぞ」


四月十七日、昨日御小姓衆、御馬廻り衆に暇を出し、帰国させたので信長の供は御弓衆と御鉄砲衆だけになっていた。浜名湖の今切りの渡しを舟奉行の指揮の元に多くの舟を引き連れて渡った。そして「吉田の城」に泊った。

四月十八日には、吉田川を乗り越え、「五位」で休息後、正田の大平川を越えて「岡崎の城」に到着した。さらに馬を進めて「池鯉鮒」で三河最後の夜を過ごした。

そして四月十九日、徳川家康とその家臣に見送られて信長一行は出立し、その日は清洲に、翌二十日は岐阜に至り、二十一日には安土城に帰った。

信長と家康が急に不和に

信長と家康は忙しかった。信長は徳川を滅ぼす策を考え、めぐらし、家康はその策をかわす策を考えていた。

ここで信長がつぶさに見た駿河、遠州、三河の主な城だけをとっても、「深沢の城」、「久能の城」、「江尻の城」、「持ち舟砦」、「ふせぎの城」、「田中の城」、「花沢の城」、「真木の城」、「掛川の城」、「高天神の城」、「浜松の城」、「吉田の城」、「岡崎の城」、「池鯉鮒の城」などがある。明らかに軍事施設を中心に見て回ったと感じられる。

ベルリンオリンピックを開催するに当たってヒットラーは聖火リレーを考案した。そのルート調査と称してヒットラーは部下にヨーロッパの道路と軍事施設を調べさせた。この信長の駿河、遠州、三河の三国巡察も目的は敵情の調査にあったのは明瞭である。それだけでなく、浜松城の兵糧米についてもはや必要ないだろうと払い出しを迫っているのだ。目的は疑いないだろう。

信長は家臣にもその本心を明かすことが少ない。命を受けた家臣がその指示の背景や理由が理解できないことも多い。しかし、信長の指示どおりに行っていくうちに全体像が段々浮かび上がってくるのを家臣たちは経験していた。それだけではなく、信長に指示の目的を訊いたりすればたちどころに雷が落ち、運が悪ければ織田軍団から放逐されてしまうことがあった。信長には意見を言ってはいけないのだ。

しかし、森乱丸のような信長お気に入りのお側衆だけは例外だった。安土に帰った信長はその日に森乱丸をそばに呼び出していた。乱丸の方も信長が求めるものを感じ取っている。

「乱。徳川の構え、何と見た」

「旧来の所領である三河の内ならばともかく、今回の甲州攻めの後拝領した駿河のうちの道普請の早さ、巧みさには舌を巻き申しました。それに急流の荒れ川で有名な天竜川への船橋を架けたること、工事の巧みさよりも、かの技なれば思いのままの橋を架け、あるいは取り外す力を持っておるのを証明いたしております」

「ならば、攻め滅ぼすのは難しいと見るか」

「いや、甲斐の国には川尻殿、上野の国には滝川殿、伊奈には毛利河内殿と殿の直臣が取り囲んでおりますれば、同時に攻め込みますれば、如何に徳川殿が戦上手というても所詮守りきれますまい。ただ……」

「ただ、何じゃ」

信長は奥底から光る目でじっと森乱丸を見た。

「あれだけの普請の力を持ち、駿河、遠州、三河三カ国の国力を持ち、さらに穴山梅雪から得た武田の陣法を持ち、辛抱強さでは定評のある三河衆を率いて戦をされましては時がかかり、犠牲も多いことは必定でございましょう」

「攻めるのは得策ではないと申すか」

「仮令攻めるにしても、徳川殿は清洲にて同盟を結んで以来の兄弟分、それなりの名分がなければ攻撃できないのではありませんか」

「その通りじゃ。わしが駿河一国を進上した人物、理由もなく攻めれば、駿河の国が惜しくなって家康を討ったと世間から笑われようぞ。いっそ家康に謀反の疑いでもあれば話は簡単なのだが」

「家康という御仁、とにかく律儀な方ゆえ謀反の疑いなどはございませんが、謀反の疑いなど何とでも作り上げられましょう」

「たとえば」

「家康殿は穴山梅雪に命じて武田の遺臣を仕官させているやに聞いております。これは殿のお下知にもございますように、武田の遺臣を路頭に迷わせ、いたずらに困らせることのないようにとの計らいでございますが、謀反のために軍勢集めと言いがかりをつけることはできましょう」

「なるほど。他には何かないか」

「これは岡崎の城に泊まった折に岡崎衆から聞き及んだことにございますが……」

「な、何。何か面白いことが聞きだせたか」

信長は身を乗り出した。

「面白いかどうかは別ですが、かつて徳姫様の婿、松平信康様が武田に内通したとのことでお腹を召されました」

「あの折はかわいそうなことをしたの。しかし武田に内応した咎にて切腹させるというのに反対もできなんだし。それよりも徳の奴、それ以来わしに近づこうともせぬ。信康が死んだので織田家に戻る時もわしの所へは戻らぬと言って信忠の元に戻った」

「それが、岡崎衆が酔って言うには、信康様ご切腹は殿がお命じになったものと」

「なに、処断するというのもやむを得ぬと言うただけで、処断せよとなぞ言うておらんぞ」

「なれど、岡崎では皆がそのように信じておりまするそうな」

「さては安土の天主ができた祝いの使者としてとして来た酒井忠次め、家康と示し合わせていっぱい食わせおったか。それで、徳がわしの元には戻らぬと言ったのか。しかし何故嘘をついてまで信康を殺したか」

信長の顔は既に怒りで真っ赤になっていた。

「殿。この乱もそう思いましたので酒をさらに飲ませて話を聞いてみました」

「うむ、それで」

信長の顔の赤みが取れた。信長が激しやすい性格であるのは確かなことだが、頭に血が上って前後の見境がつかなくなるということはない。それは後世の権力者が、信長をヒステリック且つ残虐な人間だというイメージにするために色々な操作をしたためだ。そんなひどい人間なら江戸時代の儒教をベースにした武士道が成立する前の時代に信長のために命をかけた多くの武将がいたはずがない。武田勝頼自害の時、したがって死んだ者は四十名、信長が本能寺で死んだ時には本能寺にいた百人ほどの家来はすべて討ち死に、信忠の家来約五百人も二条城で討ち死にしている。人望があったことは疑いようもないのだ。

「驚くべき事を聞き申した。家康殿は信康殿の父親にあらずと」

「何、家康が松平元康ではないと言うのか。それなら家康は何者なのだ」

「殿、松平元康が急に松平家康に変り、さらに徳川家康と名を変えたのをお忘れか。それだけではござりませんぞ、岡崎松平家の家紋は昔から桐、しかし徳川殿が用いているのは三つ葉葵ではございませぬか」

「ううむ」

「家康殿子飼いの家臣たちは、家康殿は新田義貞の末裔にて、得川は新田の流れの名とか申しておりました。松平元康に成り代わったのは本当の様に思われまする」

「家康が元康でなかったとすれば奥方の築山殿を佐鳴湖の湖畔で切り殺し、ろくな墓もこしらえなかった謎も解ける。わしとしたことが今の今まで欺かれておったということか」

信長は天を仰いだ。

「欺かれたと分かったからには許すわけにはいかんな。必ず仕留める策が必要じゃな」

「まだございますぞ」

「何だ、言うて見よ」

「酔っ払った者がとんでもないことを口に致しました。何と田楽狭間の戦いを知っていると」

「何、桶狭間山で今川義元を討ち取った、あの戦のことか」

「は、何でも徳川家康殿とともに今川義元の家来どもと戦ったと申しました」

「む、む。あの時、野伏せりの一団が我等に助勢した。今川義元の首を取ったことで有頂天となりあの者たちのことを忘れておったが……。ならばあの時の野伏せりの大将が今の徳川家康なのか。おのれ、ようも騙しおった」

「しかしどうやって岡崎の松平元康に成りすますことができたのか、元々の三河衆もいることゆえ、彼等も承知の上でそう致したのではないかと」

「そのような事情などどうでも良いが、桶狭間を知っているのであれば生かしておくわけにはいかぬ。あれを知っているのなら……。乱、家康を謀反の疑いありと言って戦のきっかけを作れ」


数日後、浜松城に明智光秀からの使者として明智光秀の家臣斎藤内蔵助が来た。早速現れた家康に向かって、

「我が主人光秀が申しますには、信長公には徳川様に逆心の疑い有とおおせられた由にございます」

と言った。

「何、信長公に対しての逆心有りと。何をもって信長殿がそのような下らぬお疑いを持たれたのか」

家康は突然のことに驚きを隠せなかった。

「越前の柴田権六殿が徳川殿に逆心有りと通牒なされたと聞き及びましたが」

「越前の柴田殿が。そのような訳はあるまいに。それにしても何が問題なのか」

何時もは滑らかに話す家康の言葉が短く千切れ、千切れになった。内容に驚いたというよりも、もう信長が動き始めたかと、その動きの早さに驚いたのだ。

「主人が申しますには徳川様に逆心などあろう筈はない。これは何かの策略であろう。しかし、信長公がお疑いを持った以上申し開きをすぐに成されるのがよかろう。主人光秀が及ばずながらおとりなしを致します」

「だが、お疑いの元となっておるのは何かご存知か」

「どうやら、一つは武田の遺臣を召抱えておられること」

「それは武田の遺臣に仕官させることにより、貧しさからの騒動などを防ぐため信長殿の命に従ったまでじゃが。まだお疑いの元がござるのかな」

「左様、これは申し上げにくいことではございますが、徳川殿が松平元康殿とは別人であり、それゆえに信長様の命と偽り信康様に切腹をさせたと聞き申した」

「むむー」

家康は唸った。

「うーむ、わざわざご連絡を戴き有難く、ご厚情には感謝の言葉もござらぬ。何はさてき別心なき旨熊野本宮の護符を用いた誓詞を差し出すことにいたそう」

と言うと、熊野護符を運ばせ、その裏に、「天地神明に誓って別心これ無き……」と黒々と書き、家康と署名し、花押を書いた。

それを受け取るや、直ちに斎藤内蔵助は明智光秀の元へ馬を飛ばした。

明智光秀はその熊野誓詞をもって直ちに信長にお目通りを願った。

「徳川家康殿に逆心有りとのお疑いと聞き、光秀、家臣斎藤内蔵助を浜松に遣わし徳川殿の申し開きを聞いてまいりました。斎藤内蔵助の申すには、徳川殿は天地神明に誓って別心これなく、武田の遺臣の仕官を受け付けているのも上様のご下命に沿ってのことと申しているとのことにて、浜松城下にも浜松までの街道にも何も怪しきことはございませなんだ由。また、これは徳川家康殿が差し出したる熊野誓詞にございます」

この光秀の言葉に信長は、

「ほほう、熊野誓詞を差し出したるか。だがのう光秀、誓詞を差し出しておいて裏切るなど古今珍しいことではないぞ」

と、桶狭間山に恭順の挨拶に行きながら天候急変に心変りし、裏切って今川義元を討った自らを省みたのか、信長は含み笑いをしながら言った。

これに対し光秀はあくまでも真面目な顔で、

「上様、徳川殿は深く神を信じておられる方です。また、その律儀なことは上様に謀などする疑いは髪の毛一本ほどもございますまい。徳川殿の律儀さは三方が原の戦い、長篠の戦などなどで証明済みでありましょう。徳川殿は文武に優れ、天下無双の戦上手でもあり、駿河一国を取り上げたりせず、お味方にとどめるべきかと存知まする」

と、何度も言い続けた。

そのうちに、せっかく貰った駿河一国を召し上げると言い出した信長には明智光秀を通じ、あるいは徳川家康から直接、次々に贈り物が届けられた。

明智光秀は親戚である武田の家名を、穴山梅雪が興すことを信長に承知させて家来にした徳川家康に恩義を感じていたので、それこそ誠心誠意、徳川家康を守りきろうと働いた。

そのために斎藤内蔵助は浜松に何度も往復したのである。

そのうちに信長も徳川家康の逆心を理由に徳川攻めなどできぬ程徳川家康に人望があるのを認めざるを得ず、甲州にて発表した知行割の通りに駿河一国は徳川家康に進上することを確認した。

しかし、この間の動きから、信長には徳川家康も明智光秀も共に滅ぼすべしとの思いが強くなっていた。

この間の事情を書いたものは少ない。太田牛一の信長公記には四月二十一日に信長が帰着した後は徳川家康の安土訪問の話になっている。さて、先に明智光秀の血筋のことを書いたときに紹介した喜多村家伝「明智家譜及び明智系図」（熊本県立図書館蔵、宮村典太写本「雑撰六」より転載、http://shinshindoh.com/akechi.html）にはこの間の記載がある。その部分を引用すれば、

……同十歳（天正十年）壬午家康公信長有不和之儀其所謂家康公有逆心由柴田勝家依讒言既巳及一大事光秀聞之斎藤内蔵助為使者問實否家康公大驚無別心赴以神文御断也　其神文信長差上光秀之内蔵助口上之趣申上所謀計之神文古今不珍由宣重而光秀諫云家康公深被信仏神極々律儀之仁躰候不可有毫髪謀計家康公文武兼■無雙之為名将間於被國郡者

可為一廉之御■（門構えに鬼）旨頻依致諫言品々被届聞召家康公兼而競望駿州一國被宛
行也……

とある。

信長は徳川家康を戦で滅ぼすことを諦めた。犠牲が多いだけではなく、人望のある徳川家康を確たる理由なく攻撃したりすればひょっとすると現時点で戦っている毛利などを始めとした織田圏周囲の国々が一斉に織田に攻撃を仕掛けるかもしれないのだ。

大軍を動かすことなく徳川家康を先ずは倒し、続いて武田攻め以来要注意の状態になっている明智光秀を滅ぼす策が必要じゃ、と信長は考え続けていた。

信長は安土城の天主の回廊をゆっくり歩きながら考えていた。天主から見る琵琶湖とその向こうにかすんで見える湖西の山々のなす景色は美しい。湖面には魚を取る小舟が幾艘も漂っている。湖の上を雁の群れが飛んでいる。見事な隊形だ。

「うむ」

信長の目が雁の隊形の少し後ろを見た。そこには一羽の雁が、どこかに故障を抱えているのか、群れから遅れて飛んでいた。その後ろから一羽の鷹が急襲した。

「これだ」

信長の目が妖しく光った。そして急いで天主の内に身を入れるや階下に向かって叫んだ。

「乱、乱はおるか」

「はは、これに」

階下より森乱丸の声がし、すぐに階段を駆け上がる音がした。

「乱、群れから離れた雁を鷹は襲う。はぐれ雁戦法しかあるまい。徳川家康に急ぎ、使いを出せ」

「かしこまって候。して、その口上は」

「先般来の儀、懸念消え去り申し候処、甲州にての知行割どおり駿河一国は徳川家康殿に改めて進上仕り候。ついては向後、益々同盟の儀固く契り申したく、安土までお越し願わしゅう存知候。で良かろう」

「では早速」

「その後の手筈も重要じゃ」

「手筈とは」

「キツネにタヌキを討たせ、討ったキツネをサルに討たせる。あい分かったか」

「承知。なれど、委細は後刻」

「殿。信長公のお疑いも晴れ、駿河一国の所領も得ることができ、重畳にございますな。ついては信長公からのお申し越しに応え、安土に参上せねばなりませぬな」

織田信長からの使者が帰った後、酒井忠次は顔に安堵の色を浮かべて言った。

「忠次。駿河一国の拝領は、信長殿が一気に攻め入ることの損に気づいて取りやめたことを示すのみじゃ。我等を信頼などしているものか。他の策で我等を滅ぼそうとしているに違いない」

「左様でございましょうか」

「ならば忠次、わしが松平元康ではないと知りながらそのことについて何も言ってこぬのを何と見る」

「確かに変でございますな」

「今、徳川と事を構えれば西国の毛利を始め織田と敵対している者は勇気百倍して織田を攻撃するであろう。その時に万一明智殿が反旗を翻したらどうなる。如何に強大な織田軍団といえども勝ち続けられるかどうか」

「なるほどとは存じまするが、明智殿がそのようなことをする気遣いが……」

「あるじゃろう。何せこの度の武田攻めではその身は兵もろくに連れて行けぬ捕らわれ人の如く扱われ、身内の武田は滅ぼされ、土岐という同族の快川和尚も殺された。何よりも信長殿に離反を疑われたのが問題じゃ。信長という御仁は一度でも疑ったら最後、何時までも疑いを消さぬお人じゃ。まして明智は五十一万石という大大名、安土の対岸の坂本や京に近い亀山などにいられては安心できぬはず、必ず近く替え地が行われると見て良い。そして機を見て明智は滅ぼされることになろう。しかしそれを知らぬ明智光秀ではない。何か策を考えていようが。しかしそれも効を奏さぬと知った時は……」

「明智殿のことはともかく、信長殿は我等を如何する気でございましょうか」

「三河、遠州、駿河に攻め込むことができぬとなればわしをこの三国から引き出すことを考えるであろう」

「あっ……」

「思った通りじゃよ。逆心の疑いは晴れたから同盟の再確認のために安土で面談しようと言ってきたのはわしを領国からおびき出そうという策に違いないと見る」

「なれば安土への往復と安土滞在中に何かが起きると」

「そう見るのが当たり前じゃ」

「刺客に襲われるやもしれませぬな」

「安土滞在中の食事には気をつけねばならぬぞ。一服盛られる可能性はかなり高いと思わねば」

「毒見をしっかりせねばなりませぬな」

「いや、もし信長公手ずからとでもなれば毒見などできるわけは無い」

「ならばどうすれば」

「もしも毒が盛られていればわしは苦しみ出すはずじゃ。そうなったら何も考えずに信長公をその場で討つ。その心意気と覚悟が毒を盛ることをためらわせるのじゃ。わしを殺しても信長公自身が殺されては意味がないからのう」

「とにかくこの度の安土行きは危険極まりないものになりそうですな」

「土産のことじゃが、我等に軍資金が豊富なことを示すことが肝要じゃ。それでいて、松平元康ではないことを知られた、つまり信長公を欺いたお詫びの金の性格も併せ持たせねばならぬ」

「ならば黄金の千両ほども運びまするか」

「それでは欺いた詫びの金と容易に知れる」

「詫びと分からせれば良いのでは」

「違うぞ忠次。信長公にすぐ悟られるようなことをしてはならぬ。これほどの金、一体何故、と疑問を持たせることが肝要じゃ。サルを見てみよ。常に信長公が首をかしげるようなこと、考えもしなかったようなことを言うであろう。サルはあれでいて信長様のことを一番知っているのじゃ」

「では如何ほど持参いたしまするか」

「五千両だな」

「五、五千両。それは大金ですぞ」

「だからこそ一時を稼ぎ、我が首を繋ぎとめるのよ」

「安土へのお供は如何なされまする」

「穴山梅雪は本領安堵のお礼を申し上げる必要がある。忠次は勿論だが石川数正、それに服部半蔵、その他を入れて約三十名が良い」

「そのわけは」

「これも万一毒殺された場合に信長公を討ち取れる人数、また敵の動きを知るためには半蔵の忍びの術が役に立とうぞ」

そして徳川家康は天正十年五月十三日に浜松を出立した。これに対し、織田信長は安土までの道にある国持ち大名、郡持ち大名に、街道を整備し、宿泊所の準備をし、お振る舞いをすべしと指示を出している。徳川家康が駿河、遠州、三河において信長一行に対して見せた並々ならぬもてなしに負けぬようにしたかったのだ。同盟関係と言われ、三河の弟と言われた徳川家康に劣る手配では満足できなかったのだ。

五月十四日、江州のばんばまで徳川家康が来た時、信長の命を受けていた惟住五郎左衛門が新規に建てた仮殿に案内した。そこでは惟住自らがお振る舞いの先頭に立った。織田家の重臣が手ずから接待をするという前例の無いことが行われた。

その日ばんばを通りかかった織田信長の嫡男たる信忠がこの様子を見てばんばを素通りして安土に向かったほどだった。

五月十五日、とうとう徳川家康は僅かの供回りとともに安土に到着した。安土の入り口には明智光秀の家臣斎藤内蔵助が出迎えに出ていた。織田信長の疑心に関連して安土と浜松の間を幾度となく往復してくれた斎藤内蔵助が先導してくれることを家康は心強く感じていた。

「徳川様。今日より十七日までの三日間のお世話は主人明智光秀が上様より命じられておりますればお宿は我等がおりまする大宝坊にございます。ごゆるりとお寛ぎいただけようかと存じます」

「いや、忝い。何しろ安土には初めて参った。何も分からぬゆえよろしくお頼み申す。さて、あれに見える黄金輝く天主が信長殿の」

「左様でござる。今までの天主とは異なり、中は吹き抜けになっております」

「何、吹き抜け。それではいざ合戦にて火が着いたときには」

「勿論火が着けば、今までの天主とは比べ物にならぬほど早く回ってしまうのでしょうが、上様には、安土の城が炎に包まれることなど有り得べくもなし、とのお考えのようでござる」

「なるほど、上様は今や天下布武の天下様、六十余州を隈なく治められるのもいま少しでございますからな」

家康は並んで馬を進めている酒井忠次の方をチラッと見た。六十余州を隈なく治める、との言葉に反応したのだ。日本国のすべてを手に入れたとしたら、そこに駿河、遠州、三河という三国だけが信長の支配ではない例外として存在することになる。家臣はあってもよいが同盟の国などが日本にあってはならないのだ。

酒井忠次は家康の顔をじっと見て僅かに頷いた。

やがて宿舎の大宝坊に到着した。旅塵を落とした後、着換えをした一行は明智光秀の出迎えを受けた。勿論徳川家康が床を背に、つまり上座に座っている。寺でありながら書院造の一角を擁している辺りに武家の町、安土に建設された寺の立場が見える。

下座に光秀が座った。桔梗の紋を染め抜いた衣服を着ている。すぐ後ろには安土の入り口から案内をした斎藤内蔵助が従っていた。

「これは、これは徳川殿には遠路お越し戴き有難き幸せにございます。当屋敷、といっても寺ではございますが、ご逗留の間お気兼ねなくゆるりとお過ごしなされる様に願います。手前、上様より徳川殿のおもてなしを命ぜられてございます。何事につけお言いつけ下されたく……」

「いやいや、何故に明智殿のお屋敷にお世話になったのかは存じませぬが、先般来お世話になった斎藤内蔵助殿のお迎えを頂いた時より、すっかり心が休まる思いでございます。おっ、それよりも、甲州攻めの後、一旦戴いた駿河一国が、逆心有とのお疑いのために消え失せてしまうところでござった。明智殿のおとりなしとそこなる斎藤殿の疲れもいとわぬ往復などにて漸くに上様のお疑いも晴れ、駿河一国を拝領することができ申した。まことに有難く存じます」

「ま、挨拶はそのくらいにして、腹が減っては話も弾みますまい。食事に致しましょうぞ。ご家来衆は別として徳川殿と穴山殿、そして酒井殿には別室が用意してござるゆえそちらにお願い申す」

「いや、ご配慮忝き次第にございます」

徳川家康と明智光秀との反織田同盟成る

安土の城下の大宝坊の奥にある離れでは明智光秀と斎藤内蔵助が徳川家康、穴山梅雪そして酒井忠次の三人とともに膳に向かっていた。

「先ずはそれがしが毒見仕ろう」

明智光秀が徳川家康の膳に箸を伸ばした。

「いや、いや毒見には及びませぬ。明智殿にそのようなことがあろうとは露ほども思いませぬゆえ」

「いや、膳というものそれがしが手ずから作っておるものではございませぬ。念のため、念のため」

と言いながら、明智光秀はもう一度、箸を家康の膳に伸ばそうとした。

「無用と申しておるではございませぬか」

と言い終わるより早く、徳川家康は目の前の膳のうちの椀を取ると吸い物をすすり、飲んでしまった。

「それではご用心が不足にござりましょう」

光秀が叱る様に言った。

「いや、戦場にあっても、無謀は慎むべきですが、信じた者には一点の疑念もなく信じぬくことこそ肝要でございます。この家康、そのように生きてまいりました」

家康はきっぱりと言い切った。

「そこまでこの光秀をお信じ下さるか」

「いかにも」

「ならば食しながら。徳川殿は甲州攻めが終わった後、天下は如何に動くとお思いか。ご存念をお聞かせ願いたい」

「上様のお疑いを晴らして下さった明智殿のことゆえ、すべて本心を申し上げよう」

家康は箸を止め、一呼吸おいた。

「上杉謙信亡き後、上様の最大の敵は甲斐の武田であった。この武田さえなければ残るは毛利、これは今、羽柴殿が戦っておられるがの、それを除けば後は奥羽、四国、九州といった辺境のみじゃ。既に中央は完璧に手に入れたと言ってよい。つまりは天下布武が完成に近づいたということであろう」

「その通りでござる」

「上様が天下を統一するために最後に残る障害は何であろうかの」

「それはその……」

明智光秀が口ごもった。

「遠慮することはなかろうぞ。その邪魔者はこの徳川家康じゃ。家康は織田信長殿の家臣にあらず。にも拘らず、駿河、遠州、三河の三国を領しておる。日本の中の火薬をほぼ独占している信長殿もこの家康が堺から火薬を入手するのを止めてはおらぬ。昔の今川義元よりも強力な勢力なのだ。家臣でもない者がこのような大勢力であっては上様の天下統一ができぬというものであろう」

「確かに」

明智光秀が頷いた。

「忠次、絵図面を」

家康の声に酒井忠次は懐から折りたたんだ地図を取り出して明智光秀の前に広げた。

「明智殿、ご覧あれ。ここが我が徳川の所領である駿河、遠州、三河でござる。勿論西側は織田殿の本領尾張でござる。周りをご覧下され。伊奈谷には織田の家臣、毛利河内が、甲斐には織田の家臣川尻が、上野には織田の家臣滝川左近が、小県、佐久の二郡には同じく滝川左近がおるのでござる。すなわち今や徳川は織田の海の中の小さな島にしか過ぎませぬ」

「なるほど。頭では分かっていたつもりでござったが、こうして絵図面にすると一層立場がはっきり致しますな」

家康は扇子で絵図面の上を指しながら話を進めていく。

「日本国の中に独立した三国があっては困るのよ。まして、武田の遺臣を集めて抱えていることも、信長殿から見ればいざと言う時に駿河、遠州、三河の三国ではなく甲斐を加えた四国に見えるであろう。甲州攻めからの帰りに信長殿は甲州から駿河への侵入の要所である深沢の城まで実見された。勿論、高天神城を始め殆どすべての城、街道、川などを訪ね、見取り図を作られた。何のため、勿論この家康を攻める準備をしていたのよ」

「それを知りながらすべてをお見せ申したのか」

明智光秀は半ば呆れた声を出した。

「浜松にあっては、もはや武田は滅んだゆえ、兵糧は蓄える必要あるまい、とのお言葉があった。ならば、とばかり家臣に兵糧米八千俵を配ってしまったわ。徳川が置かれた位置を知り、信長殿の動きを見ればこの度の逆心のお疑いもその裏が見えてくるというもの」

「逆心有ということにして家康殿を攻めるということなりや」

明智光秀は両のこぶしを握っていた。

「その通り。しかし明智殿のとりなしもあり、徳川との一戦が周囲の戦いを刺激することなどを色々考えた末に戦ではない滅ぼし方を考えたのでござろうよ」

「しかし、徳川殿の律儀さは皆の知るところ、同盟を続ければよいのではござらんか」

「いや、もう一つ理由があると思う。誰にも言うてこなんだことだがこの家康は松平元康ではない。守山で松平元康が不慮の死を遂げた後、頼まれて身代わりになった者でござるよ。そしてその前、今川義元が待つ桶狭間山に向かった織田信長様が心変りをして今川義元を討った時、この家康はその場にいたのよ。そこの酒井忠次も一緒だった。織田信長の名を世に知らしめた桶狭間の奇襲が実は奇襲などではなく裏切りだったことの証人なのだ、家康は。そんなことを知っている者は生かしてはおけまい。天下様は裏切りなどした者ではならぬのだ」

明智光秀の顔に衝撃が走った。汗が吹き出ている。

「よ、よう明かして下された。ならば上様はどのように……」

明智光秀はこの得体の知れぬ家康という男をもう一度見直した。

「今回のお呼び出しの目的は家康の毒殺であろう。わしはそう睨んでいる」

明智光秀の膝に置いたこぶしが震えている。

「毒殺」

明智光秀が思わずつぶやいた。

「明智殿が上様ならそうは考えまいか」

「実は、……実は、この明智光秀、この度の徳川様の御逗留中に毒を盛れと上様に命じられてござる」

この言葉に家康の家臣はすばやく反応した。酒井忠次は既に片膝をついて脇差の柄に手をかけている。

「あわてるな、忠次」

家康が厳しい声を発した。酒井忠次は座りなおした。が、脇差の柄にかけた手は離さない。

「この家康に毒を盛れと上様が……。で、何故毒を盛りませぬ」

家康は慌てる風もなく静かに明智光秀に聞いた。

「この明智光秀も、もはや上様にとって不要というより邪魔な存在になってござる。今ここで、徳川様に毒を盛らば大切な味方を失うことになりましょう」

「邪魔者になったとな」

「左様。この度の甲州攻めの時の上様の扱いを見れば容易に分かること。この明智光秀は土岐源氏の者で、母は武田信玄の姉でござった。穴山殿の母御も信玄の姉、つまり穴山殿とは従兄弟の関係でござる。また武田勝頼は甥でござる。さらに焼き殺された快川和尚は土岐氏の流れで同じ血が流れてござる。そのため武田に近いとの疑いから我等は甲州攻めの間、まるで捕らわれ人のような恥辱を味わい申した。上様のご気性をご存知のはず。一旦疑ったら元に戻りようがござらん。まして、この光秀は朝廷にも知り合いが多く、足利将軍家ともゆかり浅からぬ者、そして京に近い亀山の城におり、石高は何と五十一万石でござる。この先の天下布武に邪魔だと考えて当然」

「上様は、邪魔者は必ず除くお方。明智殿、ご自身を邪魔者と看破されたは良いが、この先如何するつもりじゃ。黙って滅ぼされるのを待つつもりか」

徳川家康は明智光秀をじっと見詰めている。

「黙っているなら毒を盛れとの命に反したりはせぬ」

明智光秀の顔には何かを決意したすがすがしさがあった。

「しかし、上様の命に従わねばそれこそ進退きわまるのではないか」

「毒のことは、徳川様に露見したと申し上げる所存」

「何、露見したと言うのか」

「いや、言葉が間違っておりました。徳川様のお食事の材料に傷みがあったため、その匂いにお気づきになった徳川さまが食事を取られなかったと申し上げる。これならば調理の失敗として、叱られはしようがその場で命をとられることもあるまいと存ずる」

徳川家康は半ば呆れた顔で明智光秀の言うことを聞いている。

「だが、いずれは上様によって命を狙われようぞ」

「分かっており申す。明白なのはこのままではこの明智光秀も徳川様も上様、いや織田信長によって攻め滅ぼされるということでしょう。外様の国持ち大名の荒木村重が、表向きはともかく、違背せざるを得ぬ状況に追い込まれて滅び申した。残る外様の国持ち大名はこの光秀のみ、既に織田家にとっては外様の国持ち大名も清洲同盟での盟友徳川殿も無用というより邪魔になったのでございましょう。いずれ攻められるなら……、その前に……」

「その前に……と申されるのか。しかしこの家康は三十人に満たぬ供回り、明智殿と共になど動ける状況にござらぬ」

「なればこそ、この場をとにかくしのぎ徳川様と呼応して……」

「お心、分かり申した。我等がともに起つより他ありますまい」

徳川家康も覚悟を決めた。今回の安土入りは駿河一国を貰ったお礼言上のためということになっているが、取り敢えず黄金を献上して機嫌をとるつもりだった。しかし、その先も信長に狙われていることには変りない。狙ったら息の根を止めるまで決して諦めないその性格を考えれば、食われる前に食うしか生き延びる手立てはない。そこに同じ境遇の明智光秀がいた。この際手を組むのが最良だと誰の目にも明らかだった。

「つきましては一つ徳川様にお約束いただきたいことがござる」

「改まって、何でござろうか」

「応仁の乱より始まったこの戦国の世、余りにも多くの血を流し申した。この戦乱の起きる原因を如何にお考えでござろう」

明智光秀は急になぜか難しい問題を口にし始めた。

「そうよのう。この長き戦乱には大きく分けて二つの理由があると見る」

徳川家康は静かに話し始めた。

「一つは源氏と平氏という、いわば民族間の戦いだ。源氏がこの日本のもともとの在地民族であるのに対して平氏は桓武天皇にその祖を求めるように、後にこの国に来た民族を主とする。それに加えて在来の神の道を信ずる者と仏教を信じる者との間の宗教戦争の様相も持っておる。民族と宗教という大きなものが互いにぶつかり合っているのじゃ。それゆえに織田信長様も比叡山を始めとした仏門にはことのほか厳しい」

「と言う徳川様も神徒でござれば、随分一向宗徒と戦をなさって参られましたな」

「仏門の徒が政治に関与してくる以上潰さざるを得ぬわ」

「この明智光秀はかつて比叡山に学問をした身でござる。学問としての仏教はそれなりに奥深いものでござればすべて滅ぼそうというのも理解いたしかね申す」

「ほほう、我等、共に天下様と戦おうというのに宗教の対立を持ったままでしたか」

「ですからこそ、もしも我等が天下を治めることになったらその対立をなくして平和な日本にいたしとうございます」

「分かり申した。仏門が政治に手を伸ばさぬとの条件が守られるなら仏教を禁じることはいたしますまい。だが、そんなことができようかの」

「できましょう。現世を論ずることなく来世のみを論ずるものに仏教を変えてしまいましょう。つまり、葬儀と祖先の霊を祭ることに特化させる、それが神の道との共存の道でありましょう」

「よろしかろう。宗教の対立のために無用な死者が出るのでは何のための宗教か分かりませぬからな。宗教はあくまで人を救うものであるべきです。その意味では信長殿が布教を許した耶蘇教などは裏にこの日の本の国を奪おうとの野心がある由、取り扱いには気をつけねばなりませぬな」

「ならば、徳川殿が天下を取られた暁には」

「おう、その時にはそのように相計らおうぞ」

二人は両腕を差し出すとしっかりと互いに握った。そして家康は姿勢を改めると、

「駿河一国拝領につきご尽力を戴いたことは子々孫々決して忘れまじきこと、徳川家ある限り必ず伝えおきまする。またお礼の品として、弘郷の刀、薬研籐四郎吉光の小脇差および鞍を置いた馬三頭を明智殿に差し上げたい。それから奥方様に、関東絹百疋、唐織十巻及び黄金百両を差し上げる。次に御家来衆に……」

と、まず斎藤内蔵助に相州貞宗の脇差を家康手ずから与え、盃をつかわした後、馬を三頭も与えた。明智光秀の主な家臣の三宅長閑、三宅左馬助、木村伊勢、諏訪飛騨、月田帯刀、並河掃部、海田寺興三左衛門、三宅源内、三沢庄兵衛、御牧三左衛門、津田平十郎の各人

にも馬を一頭ずつ与えた。

この間の様子については前出の喜多村家伝の記述が参考になる。何しろ明智光秀の子である僧玄林が書いたものだけに明智に伝わったことが書かれていると見てよいだろう。

……光秀厚思至子々孫々不可忘置候仍義弘郷之刀薬研藤四郎吉光小脇差鞍置馬三疋賜光秀関東絹百疋唐織十巻黄金百両賜光秀室此時斎藤内蔵助利定被召出汝近曾（コロ）為使者遠境罷下我等口上委■届神文請取光秀相渡無別心赴具令演説其意趣光秀被達上聞本懐旨御直被仰聞相州貞宗之脇差御手自被下御盃致頂戴御馬一疋拝領之

一、光秀長臣三宅長閑　同左馬助　木村伊勢　諏訪飛騨　月田帯刀　並河掃部　海田寺興三左衛門　三宅源内　三沢庄兵衛　御牧三左衛門　津田平十郎　右之者御馬一疋宛従家康公被下置……

この贈り物の質と量は並みのものではない。駿河一国の拝領に明智光秀の活躍があったとしても、奥方に対する絹や黄金百両の贈り物は破格と言ってよい。斎藤内蔵助に手ずから盃を下さったというのは、労苦に礼を言うためもあろうが、明智を同盟というよりも家来としたことを示しているようだ。さらに明智光秀の主だった家臣十一名に対しそれぞれに馬一頭ずつを与えたことは、明智家が徳川の支配下に入ったことを意味することだと思われる。何故かと言えば、家臣は主人に属しているので、主人以外から褒美などを貰うことがないからだ。もし自分の主人以外からものを貰っていれば主人以外の者と通じていると判断される。明智家が徳川家に属したことを祝っての固めの品々と見て良いのではないだろうか。

この文書では徳川家康を徳川公と呼ぶのに対して、織田信長は信長と呼び捨てにしている。徳川家康との特別な関係が表現に微妙に現れている。

毒殺失敗、ならば弓矢で家康を討て！

「この糞たわけがぁ」

織田信長の怒りの声が安土の館の一室に響いた。信長が扇子を振り上げて光秀に迫る。光秀は後ろにひっくり返りながら脚をもがいて後ずさりをする。

「も、申し訳ございませぬ。しかし、仕入れ申した魚が腐っていたらしく、匂いがしたので徳川卿が気が付かれ……」

光秀は打たれる額の上に両の腕をかざしながら言い訳に終始する。

「そんなことに気が付かずに膳を出したと言うのか、この糞たわけ」

「も、申し訳なく。まことに申し訳なく」

「毒はどうした。毒はその料理に入れたのか」

「は、入れたのですが、匂いがおかしいので全く召し上がられず」

「わりゃ、またとない機会を失ったのじゃ。何としてくれようぞ。膳におかしなことがあったのは既に安土中に知れ渡っておろう。もはや毒殺などできぬわ。もしも家康が急死でもしてみよ、誰もがわしが卑怯にも一服盛ったと思うであろう。天下を治めるこの身が、家康が怖くて戦もできずに、そっと呼び出して毒を盛ったと噂に流れれば余の名前に傷がつくのは必定じゃ。このたわけが」

信長の激怒が収まってきた。激情の振りをしながら相手の様子を冷静に観察し、対応を考える、信長とはそういう思考法を身につけた男だった。それを見抜けなかった家臣が多かったが、羽柴筑前守のような例外もあった。

「光秀。かくなる上は光秀、武将らしく弓矢で家康を仕留めることになるが良いか」

「はは、この光秀、戦場であれば徳川殿に一戦を挑み、見事仕留めてくれましょうぞ」

「馬鹿者。徳川家康を攻め滅ぼすことが簡単ならもうやっておるわ。徳川は強敵じゃ。余は甲州よりの帰りにつぶさに家康の城、砦、橋、町割り、港などなどを見てきた。あれは只者ではない。うっかり攻め込めばこちらが討ち取られるかもしれぬ」

「では、何処にて一戦」

「馬鹿者、まだ分からんのか。一戦ができぬからこその毒殺であったのじゃ」

「光秀、お考えがよう分かり申さぬ」

「されば説明して遣わす。家康が兵を率いて戦に望む場合は想像以上に強い。したがって家康を討つには家康に兵を持たせぬことが肝要じゃ」

「徳川殿は駿河、遠州、三河の三国を領する太守、兵を持たぬことなどありますまい」

「お前は何も分かっておらぬようだな。今、家康の回りに兵がおるか」

「あっ、確かに供回りは三十人ほどでござるな。ま、まさか今の宿舎大宝寺で……」

「馬鹿を申せ、安土などでそのようなことをしてはならぬ。よう聞け、光秀。徳川家康には京、堺の見物を勧めるつもりじゃ。安土に挨拶に来てそのまま浜松に帰るつもりで来た家康が、国から遠く離れた京、堺に俄かに行くことになれば何も用意する暇とてなかろう。そして光秀にはそれに合わせて中国への出陣を命ずる。その軍をもって兵を持たぬ家康を討つのじゃ。その後のことは余に任せよ。余が大軍をもって家康の所領よりの軍を防いでくれるわ」

「手前が京、堺見物中の家康公を軍をもって討ち果たすので」

「そうじゃ」

「しかし、それでは騙まし討ちのような」

「左様、騙まし討ちと言えば騙まし討ちじゃ。まともには討てぬ限り已むを得ぬ」

「しかし……」

「しかしも糞もあるか。これは主命である。否という答えなどないわ」

「しかし……」

「光秀。やるかやらぬか、返答せい。みつひでぇ～」

「……已むを得ませぬ。やりまする」

信長に馬乗りになられ、幾度となく扇子で打たれた額はすでに割れて血が流れている。信長はこれだけの大事を命じて断られでもしたらその場で明智光秀を殺すつもりだったのかもしれない。

血相を変え、額に傷を持ち、血を流しながらほうほうの体で退出する明智光秀を見て織田家の家臣衆は、

「何かあったに違いない」

「あの様子はただ事ではない。一体何があったのか」

と口々に言ったが、誰もその事情を知る者はなかった。

その夜のこと、明智光秀は徳川家康の部屋を訪ねていた。

「と言うわけで、この光秀は徳川殿に毒を盛るべきところ、腐った魚をお出ししたがため

に毒の入った膳を食べてもらえずに上意に添えなかったのでござる」

光秀は、青みが勝った顔色ながら、口許にしてやったりの小さな笑みを浮かべながら言った。

「信長が申すには、既に毒殺は諦めた由。我が策があたり申した。明智が振る舞いにて腐った魚が出、その後の信長のお振る舞いにて毒にあたったとなれば日本国中に信長は卑怯者という噂が広まりましょう程に、流石に、安土にての毒殺などもはやできよう訳がござらぬ」

「我等お陰様にて命拾いを致しました。厚くお礼申す。で、その額の傷から案ずるに信長殿にいたく打たれたご様子、大丈夫でござるか」

「何のこれしき。おお、そうじゃった。信長は徳川殿が国許を離れているうちにこの光秀に兵をもって討たせるとの仰せであった」

「ならば我等が浜松に引き上げる途中をお手前が襲うと申されるのか」

「いや、そうではござらぬ。信長は、徳川殿に浜松に戻らず、この安土より京、堺をご見物されたしと勧めるつもりだとか」

「ならば、京、堺見物中に明智殿が我等を討たんと押し寄せるという筋書きか。で、それは何処でかの」

徳川家康は流石に百戦錬磨、ここまでのし上がる間の幾多の危機がその心を強くしていた。自らが命を狙われているというのに落ち着き払って考えているのだ。明智光秀は、やはりこの徳川家康こそ天下人に相応しいと感じていた。……そうだ、この明智は徳川殿が作る平和な天下のための礎となるのが天命なのかもしれぬ……、明智光秀はそう考えていた。

「明智殿……」

「あっ、失礼致した。ちと考えておりましたので」

「明智殿。それでは明智殿が兵を率いて出かける名目が要り申そう」

「左様。信長が言うには、中国備中へ羽柴筑前守相働き、すくも塚の城を攻め落とし、数多く討ち取り申した。また、えつたか城へ取り掛かったところ、降参して城を明け渡し、高松の城に合流して立て籠もった。高松の城に羽柴筑前守が取り詰め、見下ろし、くも津川、えつた川両河の堰を切り、水を湛え、水攻めを申し付けた由。これらの様子を聞いた信長はこの機会に自ら出陣し、中国の者どもを討ち果たし、九州までも一気に攻め滅ぼすとの決意にて堀久太郎をお使いとして羽柴筑前の元に遣わすこととしたのでござる。そして、惟任日向守（明智光秀）、長岡与一郎、池田勝三郎、塩河吉太夫、高山右近、中川瀬兵衛にその先陣を仰せ付けられ、お暇を下されたのでござる」

「ならば明智殿にはすぐにご帰国、陣立ての用意でござるな」

「は、明日にはこの安土を発ち、先ずは坂本に向かうことになろうかと」

「ならばこの家康を襲うは京にてでござろうか」

「そのようになろうかと……」

「その時に信長は」

「恐らく中国攻めのために安土をご出立、京にご滞在かと」

「ならば、信長が京に来たときが一番危のうござるな」

「いまだ詳しくは分からぬことが多く、委細はお互いにつなぎをとりながら」

「忝のうござる。信長の勧めで京、堺の見物へは我等三十名だけ、戦支度もなく一戦交えるわけにもゆかぬと思いまする……」

「それは百も承知でのこの度の企て、明智が徳川殿を討つとの名目ならば戦支度で京にも入れましょう。信長は徳川殿に疑念を抱かれるのを恐れ多くの兵は伴いますまい。明智が者でやって見せましょうぞ」

「いや、忝い。この家康、浜松に帰り次第、兵をまとめ出陣いたす所存、それまでは何としても持ちこたえられよ」

「一つお頼み申したき儀がござる」

「何事でも……」

「戦とは思わぬことが起こるもの、信長殿を討ち果たしても我等明智勢が討ち果たされることがあるやもしれませぬ。もしそのような場合は我が家臣の家名が立つようにご尽力下されれ」

「それは勿論のこと。この家康、神に誓ってそのようにいたしまする。駿河一国を拝領したこと、信長のお疑いを晴らしていただいたこと、そしてこの度の約定、徳川のあるのは明智殿と御家来のお陰と肝に銘じております」

「それがしは明日十七日に坂本に参り、そして亀山に戻り、戦支度……、我等が生き残るための戦支度をいたしまする。が、斎藤内蔵助を徳川殿ご出立までこの屋敷に残しおきますれば何なりとお申し付け下され」

「まことに有難きお言葉、家康、終生忘れませぬ」

「ならば何れ天の時を得て」

と言い置き、明智光秀は部屋を出た。額にはいまだ固まった血がこびりつき、ちょっと目にはおどろおどろしい雰囲気の顔なのだが何故か口許には笑みを浮かべ、晴れ晴れとした感じで颯爽と立ち去った。

その頃、明智光秀が退出した後の安土屋敷では、信長が森乱丸を呼んで如何にして徳川家康を討つか、策を練っていた。

「安土にて数日家康をもてなした後、家康一行に京、堺の見物を強く勧める。断るわけにもゆかず、家康や穴山梅雪などは浜松に戻ることなくたった三十人ほどで京に向かうことになろう」

「その後堺にも足を伸ばすのでございましたな」

「そうじゃ、案内人として長谷川竹を付ける事にする」

「案内人とは……」

「そうよ。見張りじゃ。勝手に動かれて行方知れずでは討ち様がないからの」

森乱丸もこういった策を考えるのが好みである。頭の中に状況を描き、動きをシミュレーションしてみて抜けや落ちがないか確認するのだ。

「討っ手は明智光秀でございましたな」

「そうじゃ」

「中国表へ出向くのに甲冑、桐丸に身を固め、火縄に火をつけての行軍はどう見ても可笑しゅうございますな」

「そうよ、戦支度で亀山から出てくる事を考えれば、家康が京にいる時に襲うより外はない」

「家康に気づかれぬのが、一番大事でございますな」

「あやつも幾ばくかはこの信長を疑っていよう。されば安心させる手立てが必要じゃ」

「紙と筆を持て」

すぐに乱丸が信長の前に紙を広げ、墨を十分に含ませた筆を手渡した。信長は手ずから紙に簡単な地図を書き始めた。

「ここが安土、これが坂本、そしてここが亀山、そしてここが京とする。家康が京見物をしている間にわしが京に入ろう」

「上様は中国表にご出陣になられる筈、多くの軍勢を率いていけば家康は恐れをなして逃げ出してしまいましょう」

「だから軍勢を伴わぬのよ」

「軍勢無しでは……」

「そうせねばあの慎重な家康のこと京になど留まらぬわ」

「しかし、上様が供をあまり連れずに京に参られるなど奇妙と思われれますまいか」

「そこよ、乱。天下布武の信長が武無しで上洛となれば茶の湯興業しかあるまい。だが、茶会の振りでは疑われる。本気で茶会を催すのじゃ。公家どもを集め、安土よりわしが持つ天下の名器の数々を京に運び本物の茶会を開くのだ」

「で、上様は何処でその茶会を」

「それもな、家康に疑われてはならぬゆえ決して二条の城などで催してはならぬ。本能寺に致そう」


本能寺は本門派の総本山であった。驚くべきはその末寺の一つがあの鉄砲伝来の種子島にあったために火薬入手の特殊ルートとしての力を持っていたことである。織田信長は早くからこの本能寺の火薬ルートの重大性を認識し、支配を強めていた。そのため、堺を通じた貿易ルートしか火薬入手の術を持たぬ戦国大名とは比べ物にならぬ火力を持っていた。信長の天下統一への破竹の進撃には火薬入手という面からの分析も重要だ。

その関係で、信長は上洛の時にしばしば本能寺に宿泊していた。本能寺には一応周囲に堀がめぐらされていたし、塀でも囲まれていた。堀の外側の道はいずれも幅七〜八メートルで広くはなく、大部隊などを配置できるスペースはなかった。南門のすぐ向かいには京都所司代の村井春長軒の屋敷もあり安易に近づく者もなかった。

信長は本能寺ルートで集めた火薬を本能寺に集積していた。ある意味で本能寺は火薬庫であったのだ。

「公家たちはどの程度集めましょうか」

「できるだけ集めよ。まずは近衛前久、近衛信基、九条昭実、聖護院道澄、鷹司信房などなど二、三十人は集めたが良かろう。天下の名器を使っての茶会じゃ、呼んでやらねば文句も出ようぞ」

信長は口許を緩め、ひょうきんな顔をした。他の家来どもには見せた事のない表情だった。

「上様、確かに、京に逗留中の家康を襲うとすれば明智光秀のいる亀山が一番近うございますな。軍装にても一日あれば十分かと」

「そうじゃ」

「しかし、明智の軍勢を京に入れるには口実が要りまするな。亀山からは老いの坂を西に下り、備中への街道を取るのが当たり前でございますぞ」

「それは既に考えた。備中へ出陣する明智勢の馬揃えを見ることにするのじゃ。乱、明智が出陣の直前に亀山にその旨知らせを出せ。良いか、早すぎては行かん、家康に気取られる可能性がある。また、遅すぎては行かん、備中へ出陣する軍勢が亀山から甲冑を着ていくわけがない」

「上様、明智が軍勢は一万三千ほど、京に入れるには多すぎましょう」

「当たり前じゃ。本能寺の周りにまで呼び寄せるとして三千ほどであろう。周りの道幅を考えても見よ。それ以上ならば大げさに過ぎるわ」

「家康を襲って討ち取ったとして、その後が面倒でございますな。徳川の家臣が黙っていよう筈がございますまい」

「当たり前じゃ。家康は駿河、遠州、三河、三国の主、そこらの国持ち大名とは訳が違う。精強で知られた徳川軍団が主人を討たれてそのままということなど考えられぬわ。かと言っても、我等織田に向けて攻撃をするかどうか、既に徳川の所領は織田に囲まれておるからの。それに……」

「それに……」

「家康を討つのは明智光秀でこの信長ではないわ」

「上様、それでは……。明智光秀が独断で家康殿を討ったことに」

「そう言う事にするためには明智光秀が家康を討ったら直ちに明智を討たねばならぬ。家康の仇をこの信長が討つのよ」

「うっふっふ、上様、そのような仕掛けでございましたか」

「そうよ。むしろ家康を討った後の仕掛けの方が大切である」

「しかし上様、明智の軍勢一万三千、また亀山の城や、坂本の城にも残し置いた軍勢がございましょう、簡単には参りませんぞ。筒井順慶や長岡与一郎（細川忠興）などの親戚もおりますればなおさら」

「一番の問題は一目散に中国表に駆けつけ羽柴筑前守の背後を攻めた場合じゃ。ただでさえ、筑前は毛利と対峙しておる。明智があのできの悪い将軍を抱えた毛利と手を結んだら、筑前は万事休すじゃ」

「ならば何と」

「中国表では筑前が高松城の水攻めという時間のかかることをしておる。そういう悠長な行動が嫌いな筑前が何故水攻めなどをしていると思う。わしがやらせたのよ」

「では上様がわざと……」

「毛利と正面の戦になっては筑前は背後に迫る明智に潰されてしまうわ」

「では、上様の中国表への御動座は」

「見せ掛けよ。筑前が毛利と戦をしているわけでもなし、高松城をのんびり水攻めにしているところへこの信長が出陣してどうする。水攻めにしておるのはの、毛利との和睦の条件を作る時間稼ぎよ。毛利と話をつけ、一転、徳川家康を討った明智勢に襲い掛かる手筈じゃ。勿論我等も東から攻め立てるという策なのじゃ」

「では、堀久太郎にお命じになったのはそのことでござったか」

「おお、このような大事の連絡となれば、小者を差し向けることはできぬ。まして書状などにはできぬ事柄じゃ」

今や、お互いに探り、策をめぐらす織田信長と、徳川―明智連合軍であった。

度が外れた饗応

五月十九日には安土の御山の惣見寺において、徳川家康と穴山梅雪の一行の安土入りの道中の苦労を忘れさせるためという催しが信長の命によって執り行われた。

この惣見寺は総見寺とも書かれることがあるが、これは大層な名前だ。「見る」は「国見山」の「見る」と同じで「治める」という意味だ。したがって「総見」とは「すべてを治める」ということなのである。「天が下知る」と愛宕山で発句を呼んだ明智光秀よりももっと上を行く表現だ。つまり「天の下」に限らず治めるというのだから、言わば「宇宙を治める」と言っているに等しい。この命名から見て、織田信長にそれなりの知識人が仕えていたのは間違いないようだ。

広間の上段に信長が座っていた。寺とは名ばかり、襖には金箔を多用した花鳥風月の絵がまばゆいばかりに描かれている。それだけではなく、天井の格子にも花の絵が描かれていた。畳表は頻繁に取り替えられているようで、青いイグサの香りが鼻に心地よい。

案内された徳川家康と、穴山梅雪、それに家康の家老衆が広間に着座した。と、信長が挨

拶も抜きで、

「徳川殿、そこではない、これへ、これへ」

と、徳川家康を上段に招き上げた。信長が自分と同じ上段に上げるのは天下に徳川家康だけだ。太政大臣が来ようとそんな待遇を与えたことはなかった。まさに、総見様なのだ。

「いやいや、そんな。恐れ多いこと」

徳川家康はそう応えながらも信長に手をひかれる様にして上段に上がった。穴山梅雪は下段の中央に、家康の家老衆はその後ろ一間ほどのところに着座した。

上段で向かい合って座った信長と家康は共にこれ以上はないというほどにこやかな顔をしていた。

「此度は駿河一国を拝領仕ったお礼言上に浜松の田舎から罷りこしてございます。駿河はこの家康にとって幼時をおくった特別の地、その拝領は長年の夢でござりました。まことに有難く存じまする。つきましてはお礼の気持ちとして少しばかりではござりますが土産を持参いたしました。お受け取り下さりませ」

家康は「特別の地」に力を入れて言った後、家老の酒井忠次に目配せをした。酒井が膝行して近づき、懐より奉書を取り出し、家康に手渡した。

「これが土産の目録にございます」

徳川家康は目録を恭しく信長に差し出した。信長は目録を受け取ると静かに開いた。そしてその瞬間、動じることがない信長の目が目録に吸いつけられていた。

「な、何と。黄金五千両……。徳川殿。如何に感激していただけたかはよ〜く分かり申したが、駿河は徳川殿に進上致したのでござる。売ったのではござらぬゆえ、いくら何でもこのような大金は受け取れ申せぬ」

「とは申せ。それはこの徳川家康の喜びの気持ちの現れ、ぜひともお受け取り下されたく……」

「左様であるか。ならば受け取り申そう。しかし改めてその中から黄金三千両を徳川殿に差し上げたい」

「何と」

「駿河の国の、城普請、道普請、河普請など色々すべきことは多かろうと存ずる。徳川殿の手にて駿河の国を堅固な国としてもらいたい。そのために差し上げる黄金じゃ」

「そ、そ、それは有難き幸せ……」

ここで黄金五千両の価値を考えてみよう。先に浜松城の兵糧調達のことを書いた。そのときの説明では黄金五十枚にて兵糧八千俵余を買ったとあった。米一俵は六十キロ、十キロは大体五千円くらいだから、一俵は三万円くらいか。この前提から計算すれば黄金一枚は大体五百万円となる。黄金五千両は黄金（大判）五百枚に相当するから略々二十五億円というような巨額だ。

目録を見たときに信長はそれほどの金子を土産だと言って持参できる徳川家康の財力に驚いていたし、この金子で徳川家康が松平元康ではなく、ひょっとしたら桶狭間での織田信長の裏切りの目撃者であることを忘れて欲しいといっているように感じていたのである。駿河は家康にとって特別の地、という言葉にも何か深い意味がこめられているようである。逆に徳川家康は、それだけの金子を土産にすることで、国力を誇示し、また、出自を疑われているのを不問にしてくれという意味をこめたつもりだった。

武田の金山は有名である。甲斐の国から掘り出す金は武田の軍資金として大きな役割を果たしていた。その武田は滅び、甲斐の国は川尻に与えたが、掘り出した金は信長の元に運ばれることになっていた。

実は甲斐の金の鉱脈は駿河にもつながっていた。かつて安倍川の上流には多くの金山が開発されていた。その中には、坑道の中で純金の大きな棒の様な物をねじ切ったというところから名づけられた「捻じ切り金山」というものまであった。安倍川は現在でも砂金が取れるほど金が豊富な源流を持つ河なのだ。

「いや、駿河が特に徳川殿のゆかりの地であると言うならばなおさらのこと、進上してよかったと存ずる」

信長は家康の顔を、態度を、伺うようにじっと見ながら言った。

「ほんに、有難き幸せ……。これなる穴山梅雪からも本領安堵へのお礼言上をお許し願いたく」

「おお、穴山梅雪どの。数多くのご親族衆を失われたことだが、いつか折を見て武田の家を再興すればよい」

穴山梅雪は平伏したまま、

「本領を安堵戴き有難く存じまする。これより徳川殿の家臣として忠義を尽くす所存。武田の家名再興につきましてもお許しを戴き嬉しく存じ、厚くお礼申し上げまする」

と、信長に言うと、土産の目録を差し出した。

信長は何時になく上機嫌だった。徳川家康への疑いなど全くなかったような対応なのだ。

「挨拶などこのくらいで良かろう。今日は、旅の疲れをお忘れいただこうと能をご覧戴く手はずになっておる。先ずは舞台の前に参ろうぞ」

信長は徳川家康の手をひかんばかりに家康を案内した。そこは大きな庭に面した広間で、庭の中には能舞台がしつらえてあった。

能見物の者は、信長の隣に家康、反対側に近衛前久公、そして近くには穴山梅雪、長安、長雲、友閑、夕庵が席を取り、その外側に、お小姓衆、お馬廻衆、お年寄衆、そして家康の家臣たちが座を占めた。

その翌日、すなわち五月二十日も高雲寺において信長公によるお振る舞いがあった。実は前の日に惟住五郎左衛門、堀久太郎、長谷川竹、菅谷玖右衛門の四名に信長が支度を命じていたのである。

招かれたのは徳川家康、穴山梅雪、酒井忠次、石川数正、そのほか家康の家老衆だけだ。つまりごく内輪の会だと言える。

驚くべきことがこの時に起こっている。常日頃家来など屁とも思わぬ信長が徳川家康へだけではなく家老衆にまで食膳を手ずから配り、勧めたのだ。これに驚いた徳川家康は、

「な、何をなされます。そのような勿体無きことお止め下さりまし」

と思わず叫んだ。しかし、叫びながらも、

……我が徳川に疑いもないということを演出をしている。このような無理な計らいは必ずや魂胆あってのこと、気を緩めてはならじ……

と肝に銘じていた。

「何を申される。家康殿はこの信長が最も頼りとする大切なお方。自ら接待するのが当たり前でござる。今川領への侵略、武田信玄との三方が原の戦い、武田勝頼との長篠の戦い、そして今回の甲州攻めと、徳川殿とは常にともに戦ってきましたぞ。今日の天下布武の勢いも徳川殿あってのものでござる。信長、厚くお礼申す。さ、さ、存分に召し上がられよ」

「有難きお言葉。では……」

と、家康が箸を取り上げた時、酒井忠次が家康の方に体を向けた。

「おお、忠次、せっかくのご馳走じゃ、遠慮せずに戴くがよいぞ」

家康は常よりもゆっくりとそう言うと、椀の汁を一啜りした。

「おお、これは見事な。これは雉でござりますな」

家康は今で言うグルメであり、健康お宅だった。料理にも、薬草にも人に倍する知識があった。だからこそあれほど長生きしたのであろう。

酒井忠次が家康の方に向いたのは毒見をしようとしたからであり、家康がそれを制したのは、この食膳での毒殺はないと読みきっていたからである。いや、ここで信長を少しでも疑った様子を見せれば却って危ないと悟っていたからでもある。

何の不安も抱かず、無邪気に椀の汁をすすった家康を見て、信長は内心、にやっと笑った。黄金を半分ほど返したからか、すっかり安心しているようだ。これなら明智がしくじることはあるまい、と策の成就を確信したのである。そして信長は今だ、と切り出した。

「徳川殿。わざわざこの安土までお越し下されご苦労にござった。せっかくここまで参られたゆえ、一足伸ばして京、堺などを十分に見物されたら良かろうと存ずる。既に徳川殿にご出馬願う戦も当面はござるまい。長谷川竹に同道とご案内を既に申し付けておるゆえご案内の儀はお任せ下され」

……来た、明智光秀から聞いたとおりに動いておる。京、堺などの見物中に明智光秀に襲わせるという策に変りはないようじゃ。そうじゃ、変らせてはならぬ。我等の知っている策のまま行動させなければ……

「京、堺などの見物にございまするか。この家康、以前より一度見てみたいと思っておりました。しかし、織田殿には中国表の毛利攻めにご出陣とうかがっております。そのような折に家康ばかりが物見遊山では罰が当たり申そう」

「いやいや。中国表の戦は秀吉に任せておいてもよいのだがサルが手を抜かぬようにたまには見に行こうかというものじゃ。それに明智光秀などに先陣申し付けてあるゆえ、わしが到着する頃には毛利は既に降っておる事じゃろう。わしは、京で茶会などを開いたり、のんびり中国表に向かうつもりじゃ。徳川殿が京や堺を見たいと思うのと同じように、この信長も中国路を行き、瀬戸の海なるものを見たいのじゃ」

「左様でございましたか。ならば仰せの通り、のんびりと京や堺等を見物いたすことに決めまする」

食事の後、機嫌の良い信長は一同を伴って安土の天主を案内した。その豪華さ、様式を見るにつけ、総見様の名の通り、この日本の中に自分のものでない領地の存在などこの男は許すわけがない、と家康は確信していた。


その夜、宿舎の大宝坊の奥の一室に家康、酒井忠次と斎藤内蔵助の三人が額を寄せてひそひそ話をしている姿があった。

「という具合での。信長公のご機嫌のよさは驚くほど。自らの策が上手く運んでいる時の何時もの様子じゃ。兎に角これまでのところは明智殿より聞いた通りじゃった。そこで明日には京見物に出立いたす。斎藤殿も色々準備がござろうゆえ、明日にはここを立ち退かれるが良いと存ずる。内蔵助殿は坂本と亀山のいずれに向かわれるか」

「亀山にござります。内々準備せねばならぬこともござりますゆえ」

「さればこれからの連絡だが」

と、家康は言うと、手を打った。そして、

「半蔵、おるか」

と廊下に向かって小さく聞いた。

「はっ」

これまた、小さな声が返ってきた。

「入れ」

その声に、黒のしのび装束の服部半蔵が音もなく部屋に入った。

「服部半蔵殿でござるか。何時ものいでたちと余りにも異なるゆえ驚きましたぞ」

「恐れ入りまする」

しのび装束になった半蔵は余計なことを一切言わなくなっていた。忍びになりきっているのだ。

「半蔵。配置はできたか」

「できておりますが、ほんの数名での仕事なれば今はともかく、戦になれば十分ではございませぬ」

「分かった。信長が何時京に来るのか。何処に泊まるのか。それに浜松への抜け道など調べ置くように。内蔵助殿とのつなぎには念を入れてくれ」

「すべて心得ておりまする」

家康は斎藤内蔵助の方に向き直った。

「斎藤殿。明日それぞれの道に分かれればこの次は何時何処でお目にかかれるやら。なおかつ明智殿は大事を斎藤殿に託す由、この家康、子々孫々に至るまでご恩は忘れず。もし天運我にあり、天下を治ることになりたる節は斎藤殿の血筋をそのように扱うこと天地神明に誓い申す。このこと酒井忠次が証人となれ」

「有難きお言葉、必ずや大事達成をすることとお約束いたしますぞ」

手配りされた中国大返し

五月二十日の家康一行の饗応役を済ませた堀久太郎が高松城の水攻め中の羽柴秀吉の陣に姿を現したのは三日後のことだった。秀吉は小さな寺を占拠して本陣として使っていた。

「おう、羽柴殿。堀久太郎、上様の使者として罷りこした」

戦陣で鍛えられた堀久太郎の声は大きく響く。

「その声はまさに堀久太郎殿。上様からの使者だと。上様からは数日前に中国表ご出陣の知らせを受けておる。わざわざお主がここまで来るとは何か大事が出来《しゅったい》いたしたか」

「羽柴殿。お元気そうで何よりだ。戦が性に合っているのだろう」

「いやいや、わしは女子との合戦の方が好みだがや。だが、何用じゃ」

「おっと、ここでは話せぬ。余人を交えず話したい」

「大仰なこと。先ずは旅の塵を落としたらどうだ。が、分かった。奥の部屋に参ろう」

堀久太郎の急ぐ様子に秀吉はそのまま奥に入った。

「それで何事じゃ」

「驚くなよ。上様は徳川家康殿をお討ちになる」

「なんじゃと。徳川殿を討つとな。何事かあったのか」

「いや、徳川殿には何事もない。上様が討つとおおせられたのじゃ」

「使うだけ使って、用がなくなれば滅ぼすと言うのか。上様には気をつけねばいかんな。何時我等も不要と判断されるか分かったものでもない。それより徳川殿はそこらの大名とは違う。簡単に討てるわけがないぞ」

「そうよ、上様も甲州の帰りに駿河、遠州、三河と徳川領を見て、これを攻め落とすのは容易ならざる事と悟られたようじゃ」

「では何とする」

「折りよく安土に来た徳川家康、穴山梅雪らに京、堺などの見物を勧め、長谷川竹が案内人、いやその実は逃さぬための監視人としてついておる。供を入れても三十人ほどじゃ、討つのは簡単だと思われる」

「だが、誰が徳川殿を討つのだ」

「聞いて驚くな。明智殿よ」

「明智光秀がその役を引き受けたのか」

「引き受けねばその場で切り捨てる勢いで上様が命じたからの。否やは無しよ」

「それで、上様の命は」

「明智殿が徳川殿を討った後だが、明智殿が独断で討った事にして、今度は徳川殿の仇を討つとの名目で上様が明智殿を討つとのことじゃ」

「何と、徳川を討たせておいてか。信義も何もないやり方じゃの」

「その時、明智の軍勢が毛利と組んで秀吉殿を挟み撃ちにしては面倒になる。そこで秀吉殿には一報あり次第兵を返し、明智殲滅にかかられたしというのが上様の命じゃ」

「なに、高松城の水攻めももうすぐ終わりというところまできておる。ここまで攻めておいて大坂、京に兵を戻せとの仰せか……」

「知らせがあったら一気にというても準備、手配なくしては大軍の移動は時のかかるもの、この大返しをやり遂げるには毛利との和睦のみならず、大返しの途上の宿舎、食料、草鞋、水などをあらかじめ用意するとともに、弾薬、武器、甲冑の類などを少なくとも大坂付近に集積しておき、できるだけ軽装で駆けることを考えねばならぬ」

読者はこれと似た話を思い出していることだろう。後年秀吉が賤が岳の戦の途上で一時戦線を離脱し、岐阜城攻めに向かったが、大岩山砦が佐久間盛政の奇襲で陥落したとの報を受け、突如反転し、大垣城から余呉湖の南の木之本までの十三里（約五十二キロ）を五時間で駆け戻った「大返し」だ。

一時間十キロの速度というものは驚くべき速さだ。ジョギングをした人なら分かるがこの速度での走りは長持ちしない。五時間など走り続けられるものではない。だからこの大返しは具足など着けずに走ったとしか考えられないし、途中に給水所や、食事どころが用意されていたに違いない。さらに、これから戦場に出る軍勢が具足も着けずでは瞬く間に討ち取られてしまう。秀吉が岐阜城攻めに出かけるときに、既に大返しの準備をしていたに違いない。具足などは木之本と大垣の双方に準備されていたのではなかろうか。こういった手配は中国大返しの経験から秀吉軍が得意とするところだったのだろう。

秀吉は暫く考え込んでいたが、

「官兵衛はおらぬか。黒田官兵衛を呼べ」

と叫んだ。

黒田官兵衛が来ると秀吉は概略の話をして聞かせ、そして、

「毛利との講和を如何にするか」

と問うた。

「毛利との講和は高松城明け渡しにて兵を引くと言えば整うのものと考えられまする。余力の兵を先に姫路、大坂に向け返し、本隊の大返しの準備をさせましょう。ただし羽柴の者が余り表に立ってはその動きが明智に知れましょう程に、このお役目は堀殿にお願いするのが一番かと……」

黒田官兵衛の言葉に、堀久太郎が、

「その通りでござる。ならば大返しの準備を人知れずに始めましょうぞ」

堀久太郎が下がった後、黒田官兵衛は羽柴秀吉に向かって言った。官兵衛の目が異常に光っている。

「この度の信長様の策に、一つ懸念がござりまするが……」

「明智光秀が本当に徳川殿を討つかという疑問であろう」

「御意」

梅雨の雨が降り続いている。その雨の音に消えてしまいそうな声で二人は話し合っている。

「官兵衛も当然気づいておったな」

「はい、荒木村重殿を滅ぼした時の上様のなされよう、明智殿がご存じないわけがございません。それに甲州攻めでは武田の親戚ということで、出陣したとは名ばかりで後詰をされたとか。次はわが身かとの思いがございましょう」

「徳川殿を安心させるために兵を連れずに上洛されるとか、危のうございますな」

「ならばこの懸念、早速に上様に早馬にてお知らせするか」

「そこは思案の……」

「危ない状況も考えうるとお知らせするのは当たり前ではないか……、うっ、官兵衛、お前ひょっとして大変なことを……」

「信長様に、その策には傷がございますと申し上げるのは決して良策とは思われませぬ。信長様はすべてに自信溢れるお方、そのようなこと先刻承知と申されるに決まっておるのでは」

「たとえそう申されても内心は有難いと思し召されるのでは……」

「はて、如何なものか……。使者の堀殿が申されなかっただけでそれに対する備えはあるのかもしれませぬぞ」

「確かにそうかもしれぬ。が、官兵衛。そちは恐ろしいことを考えてはおらぬのか」

「恐ろしいかどうかは別として、万一、明智殿が徳川殿を襲わずに信長様を討ち取ったらば天下の様相は大きく変化いたします。信長様の弔い合戦を主導し、勝利した者が天下を取る可能性がございますぞ。大返しの準備、怠りなく進め、明智殿の出方を見極めて必要ならばすぐに攻め上れるように致すべきと心得まする」

「それにしてもひょっとすると天下が……、我が手に……」

「殿の運が如何ほどのものかまもなく判明いたしますな」

「羽柴売りの日吉丸が、ひょっとすると……天下人。童の頃の瑞祥話のようなものをでっち上げんとならんかもな、わ、は、は」

羽柴秀吉は大声で笑った。黒田官兵衛はこの男が運をつかんだのを見たような気がした。その時、官兵衛の顔にふと陰りが見えた。秀吉はそれを見逃さなかった。

「官兵衛。まだ何か不審があるようだな」

「は、あのすべてに念を入れる徳川殿が上様の計画に気がつかずに京、大坂を僅かの供で見物するとは、あの徳川殿でも油断されましたか……。む、む、む、ひょっとして徳川家康はすべてを読み切って……。だとすれば家康、何処までも恐ろしい男にございますなぁ」

「はて、この場は何が起ころうと対応できるように大返しの準備を始めるだけじゃの。それにしても家康はどこまで知っていて、どうするつもりか。ま、良いわ。いずれ分かることじゃ」

中国大返しが現実のものとなった時、明智軍に対しての先陣を秀吉に願い出、実際に先陣として明智軍を蹴散らしたのは堀久太郎であったし、中国大返しのしんがり軍をつとめ、毛利との間を守りながら退いてきたのはこの黒田官兵衛だった。

それぞれの本能寺の変前夜（信長）

策をめぐらせ終わった信長は五月二十九日お小姓衆二、三十人のみを引き連れて上洛した。六月一日の茶会のため多くの天下の名器を運ばせてもいた。茶会が終わり次第に中国表に出陣とのことで安土ではその用意がなされていた。

このような兵を伴わぬ上洛は珍しく、常は朝廷や公家衆を威圧するかのような荒々しい上洛だった。

信長の上洛の知らせを聞いて、多くの公家衆がお迎えのために山科にまで参集していたが、森乱丸より出迎え無用、との知らせがあり、皆京へ戻った。このようなことも珍しいことだった。

吉田兼見の「兼見卿日記」の五月二十九日のところには、

二十九日。丙戌、信長御上洛為御迎、至山科罷出、数刻相待、自午刻雨降、申刻御上洛、御迎各無用之由、先へ御乱案内候間急罷帰了とある。

六月一日、本能寺では茶会が催された。信長が力と金で集めた天下の名器三十数点が披露されるとあって、茶器に興味のある者は勿論、茶器に事寄せて信長に近づこうとする者など多くの公家衆が参集した。

本能寺に顔を出した者は、「言経卿日記」に以下の様に記されている。

前右府へ礼に罷向了、見参也。進物者被返了。参会衆者、近衛（前久）殿、同御方御所（信基）、九条（兼孝）殿、二条（昭実）殿、聖護院（道澄）殿、鷹司（信房）殿、菊亭（今出川晴季）、徳大寺（公維）、飛鳥井（雅教）、庭田（重保）、四辻（公遠）、甘露寺（経元）、西園寺亜相（実益）、三条西（公國）、久我（季通）、高倉（永相）、水無瀬（兼成）、持明院（基孝）、予、庭田黄門（重通）、勧修寺黄門（晴豊）、正親（季秀）、中山（親綱）、烏丸（光宣）、広橋（兼勝）、坊城（東坊城盛長）、五辻（為仲）、竹内（長治）、花山院（家雅）、万理小路（充房）、冷泉（為満）、西洞院（時通）、四条（隆昌）、中山中将（慶親）、陰陽頭（土御門久脩）、六条（有親）、飛鳥井羽村（雅継）、中御門（宣光）、唐橋（在通）、其他僧中、地下少々有之、不及記、数刻御雑談、茶子、茶有之、大慶云々

主だった公家はすべて本能寺に出向いている。しかし、信長公記にはこの本能寺での茶会について全く記載がない。本能寺の変の前日のこの茶会が何か変と関係があるのだろうか。ただ、吉田兼見はこの日の茶会に参加していない。彼の日記の一日のところには、

一日。丁亥。(中略)信長へ諸家御礼、各御対面云々、予依神事明日罷出覚悟也

と記載されている。変前後の日記には削除があったりする。後の権力者との関係で書いておいては危険というものがあったのだろう。たとえば、明智光秀と面談した、徳川家康と話したといったことは削除する必要があったと思われる。

また、信長公記の五月二十九日の最後に、「さるほどに不慮の題目でき候て」とあるのも不思議である。何か元々あった記述を変更したのではないかとも思われる。

本能寺位置図（当時）

それぞれの本能寺の変前夜（明智光秀）

五月十七日に安土から琵琶湖に面した坂本城に帰った明智光秀は中国出陣の用意にかかった。武器弾薬、兵糧などをまとめ、居城の丹波亀山の城に向かったのは五月二十五日である。

亀山城では斎藤内蔵助が待っていた。

「既に出陣の支度は済ませてございますが、信長様からの下知として森乱丸様より使いが参り申した」

「それで、使いの者の口上は何と」

「二十九日に信長様はご上洛。四条洞門油小路の本能寺を宿所とされる由にて、六月一日には公家衆を招いての茶会を催し、二日に明智が軍勢揃えをするのでそれまでに京に来られたし、との口上にございました」

「明智が軍勢を老いの坂からそのまま備中に向かわせず、洛中に呼び寄せる計略じゃな」

「いかにも、左様にござりましょう。しかし、その旨を兵たちに知らせねば、備中に向かう軍勢が亀山から甲冑を着て出立することに疑問を抱きましょう」

「それで、今のことは徳川殿には既に伝えてあるか」

「服部半蔵殿の手の者を通じて連絡いたしております」

「大事なことゆえ、間違いのないように連絡を確認せよ」

「はは。殿にお願いがございます」

「何事か、何なりと申せ」

「乱殿の指示により、亀山出立は一日の夕刻となりましょう。今回出立すれば暫くはゆっくりなどする暇はありますまい。殿にはほんの僅かでもお心を休めていただきたい。すべての準備はこの内蔵助が進めておきますから。それに、一万三千もの兵が一度に洛中に入っても動きが取れませぬ。緒戦はこの内蔵助が率いる三千にて行いまする。殿は暫し遅れて洛中に入られるがよいと存じます。討ち取った後の京を鎮めるのには今度は多くの兵が要りまする」

「そうか。それならば暫し時を置いてわしは出立することにする。緒戦で勝負は決まりじゃ、内蔵助、頼む。では敵の目を欺くためにも愛宕山に参篭して、連歌の興業でもいたそうか」

「それがよろしかろうと存ずる」

五月二十七日、明智光秀は有名な愛宕山に登った。梅雨の最中とあって新緑はまだその新鮮な青さを忘れていない。周囲の山々の間からは白い雲が次々に湧きだしている。光秀は太郎坊の前に来た。ふと見ると御籤がある。ふらふらと近寄ると光秀は御籤を引いた。一目見るなり元に戻し、御籤の容器をがらがらと何時になく乱暴に振った。

……何故よい卦が出ぬのか。これから、明智の命運をかけた勝負に出るのだ。吉が要るのだ……

光秀は額に深いしわを寄せ、真剣に御籤のいれものを振った。そして引いた。

「うーむ」

納得できない顔の光秀は、御籤のいれものを今度は頭上にかざしてガチャガチャと音がするほど振り、そして引いた。

「……そうか、先ずは……」

漸く光秀は御籤のいれものを元の位置に戻した。眉間の奥に悩みのこぶができているような顔をしている。

明智光秀は学問を良くした男である。御籤で吉凶などを判断する男ではない。情報を集め、人の心理を考え、必勝の方策を考える男だ。およそ占いなど信じたことはない。その光秀が御籤を引いた。それも一度や二度ではなく、神がかりの様になりながら引いたのだ。従っていた家来は、主人光秀に大きな悩みがあるのを感じた。

その夜は連歌の仲間たちと参篭した。光秀は寝付けなかった。斎藤内蔵助の鑓を腹に受け、

「光秀、謀反いたしたかぁ」

と、髪を乱し、腹に刺さった鑓を掴みながら、鬼の形相で叫ぶ信長の顔が消しても、消しても浮かんでくる。

光秀は寝返りを繰り返した。時にはうめき声を上げながら寝返りをした。同宿の仲間たちは光秀のあまりの寝返りに何か異様なものを感じていた。

漸く信長の顔は消えた。しかし光秀の頭の中では今回の謀反のシミュレーションが行われていた。それも何かミスがないかと繰り返し、繰り返し行われていた。

……信長が二十九日に上洛する。その日には徳川殿が京を脱出し、堺に向かわれる。六月一日に本能寺で茶会が行われる。そしてその頃亀山より斎藤内蔵助率いる兵三千が京に向かう。完全武装での夜行軍だ。その理由は信長に軍勢を見せるため。そして徳川を討ちにきたと思って油断している信長を本能寺に討つ。直ちに徳川殿は堺を脱出、浜松に帰り、

軍を率いて上洛し、明智軍と合流する。その間は十日か。その前に明智軍は洛中を平定、禁中に報告、そして安土を攻め落とす。この段階で徳川家康を主とすれば天下に逆らう者などおらぬのでは。一番の懸念は中国表の羽柴秀吉だが、あやつは今毛利と対峙しておりとても戻るわけにはゆくまい。戻るとしても一月以上は先のこと、その頃には既に天下は鎮まっているだろう。縁戚の細川忠興、筒井順慶なども馳せ参ずるに違いない。ならば、徳川も、明智も信長に討たれずに生き残るということじゃ。これは謀反ではない。討たれる前に討つだけのこと、決して謀反ではない……

そして明くる二十八日、西の坊にて連歌興業が行われた。発句は光秀だ。が、とっさには出ない。何しろ前夜はよく寝ていない。それどころか信長を討って徳川と共に天下をとることばかりを考えていた。

「明智様、発句を……」

との声に押されるように、思わず、

「時は今……」

と詠み始めた。

「時は今……」

と次に控える西の坊が復唱する。

「時は今　天が下知る　五月かな」

光秀が発句を読みきった。

「時は今　雨が下知る　五月かな、うむ、天が下知る……」

天と雨、一瞬迷いながら復唱した西の坊が驚きの目で光秀を見た。詠んだ当人光秀も我が句に驚いたかその目が泳いでいる。

しかし、西の坊、声に力を入れて脇を詠んだ。

「水上まさる　庭のまつ山」

発句を無理やり、「雨が下なる」の意にとっての脇だ。そういえば信長公記でも池田本には「天が下なる」と記されている。本当にはどう詠まれたのか興味深いが秀吉の下で太田牛一が信長記をまとめたのだから必ずしも真実が書かれているとは限らない。微妙にニュアンスが変化させられている場合もあるだろう。

ともかく、光秀の発句を「時は今　雨が下なる五月かな」ととって、それを受けての脇を、「水上まさる　庭のまつ山」と、雨と水のテーマに取り替えたと見るのが正しいのではなかろうか。深読みを加えれば、「水上まさる」は「琵琶湖の北の方が強いですぞ」、「庭のまつ」は「丹羽（惟住）五郎左衛門が待つ」、すなわち、……琵琶湖の奥という水上にいる強い丹羽殿が待ち受けているのでは……と注意したような句と解せないわけではない。

第三句は紹巴が詠んだ。

「花落つる　流れの末を　せきとめて」

……花が落ちてしまう（命を落とす）水の流れの末をせき止めれば……ということで「この流れは止めた方がよい」と言っているように取れるが、これも深読みすれば、……流れ（河）の末をせきとめて備中高松城を水攻めにしている羽柴筑前守秀吉によって命を落とすのでは……と忠告しているようにも取れる。

つまり、上流には丹羽五郎左衛門、下流には秀吉という明智より強い者がいるのだから、「時（土岐）は今」などと言える状況ではないぞ、と言い聞かせているように感じられる。

余りにも微妙な表現を見れば、本当にこのような暗示的な句を詠んだのかもしれないが、信長記を書く途中で作り、挿入したものかもしれないとの疑念が生じる。

ともあれ、百吟は終わって、後は和やかに食事をし、もう一晩愛宕山に泊まった。梅雨の雨はやまず、勢いを増しつつあった。光秀はこの夜も眠れなかった。当然である。句会の仲間たちからも暗に無謀を止められたのである。彼等は勝てないと言っている。第三句の

「花落つる」が意味するところはそんなことをすれば命を落とす、である。

……しかし、西の坊も紹巴も信長が徳川とこの明智を滅ぼそうと策をめぐらせていることを知らない。今まで恩を受けた主君を討って天下を取るなど良くない事だし、失敗するぞ、と言っているのだ。このままなら討たれること必定、信長を討ったとしても安泰なわけでもない。しかし、何もせずに滅ぶのは武門の恥……

かつて光秀が十四歳の時、弟彦次郎を人質にとって、父明智光隆を殺そうと侵入した敵二人に対し、当時彦太郎と名乗っていた光秀は先ず一人を討ち取り、弟を突き殺そうとした敵も切り殺した。殺されそうになった弟は敵の白刃を手で掴み、最後まで離さなかったので傷だらけになったが、この事件で見せた豪胆さから光秀は鬼太郎、弟は鬼次郎と呼ばれたとの逸話が残っている。光秀といえば、何となく学者肌の人間の様に思われがちだが、それは後世の人が作り、広めたイメージであろう。この逸話といい、織田家にあっての外様でありながらの五十一万石の大大名への出世は学者肌ではなかったことを証明している。

明け方近くになって光秀の心は静まった。既に他の道はない。道は開くものだ。夜が明けたら亀山の城に戻って支度をせねば……

しかし、皮肉なことに二十九日になって雨脚はさらにひどくなり、滝のような雨になってきた。愛宕山の細い道は川と化し、勢いよく水が流れ下っていた。とても山を下るような状況ではなかった。

斎藤内蔵助この度の謀反第一なり

明智光秀は結果的に六月一日に愛宕山を下りた。その夜、斎藤内蔵助率いる先陣三千人は明智光秀の前に勢ぞろいをした。

「我等は織田信長様の命により、これより中国表に向かう。しかし、中国表に向かうのに甲冑、腹巻を身につけ、弾薬兵糧まで手ずから持参とは奇異に思う者も多かろう。中国表に向かう前に一戦あるためじゃ。皆の者よう聞け、信長様の命により我等は京に滞在中の徳川殿を討つ。これより出立、夜半過ぎに桂川を越え、夜明け前には本能寺に集結、信長様の下知を受ける。この戦は内密のものじゃ、したがって黙って隊を離れた者はその場で切り捨てる」

光秀の後から馬に乗った斎藤内蔵助が前に出た。

「この先陣はこの斎藤内蔵助が預かる。今こそ家名を上げる時と心得よ」

「おお、おお」

鑓を持つ者は鑓を、鉄砲を持つ者は鉄砲を高く上げて大声を出した。

「ならば殿、お先に一戦仕る。明日の夜が明ける頃にはほぼ片付いていようかと存じます。すぐさま一報致しますゆえ、夜明けに京に入る様にお願いいたします」

「相分かった。諸方にこれより使者を放つ。では本能寺にて」

光秀は急に声を落として内蔵助に言った。


「松明に火を付けよ、火縄を濡らすな、鑓隊より進め」

斉藤の声に、三千の兵士は二列になって歩き始めた。時折雨が降る梅雨の空は黒い墨を流したかのように真っ黒い部分とやや明るい部分とがあった。

老いの坂を西に進まず、東の京に向かった。坂を下りていく兵がかざす松明の列は二条の光の帯となって続き、黒い空と、唸る風の音という設定の中で何か幻想的な光景を作り出していた。

坂を下り終えて暫くすると目の前に桂川が見えてきた。そして、今まで軍勢を包み込んでいた湿った草の匂いが消えた。河の向こうには京の町が暗闇の中に寝静まっている。

……信長殿、まもなく見参。良き夢をそれまでご覧下され……

斎藤内蔵助は、暗く横たわる京の町の中に本能寺の方角を見出して、呟いた。

……この内蔵助、これから明智の殿の主殺しの先陣を仕る。この道しか明智も家臣たる斎藤も生き残る望みが得られぬ。思えば、主殺しの道に追い込まれたものよ。それも主たる信長によってのう。徳川殿、約束でござる。斎藤家のことお頼み申しましたぞ……

心の中で内蔵助は妻にも、この世にも別れを告げた。もはやすべてに未練はなかった。武士としてこの最後かもしれない戦に全霊を注ぐ覚悟だった。

覚悟が定まって、心が静かになったとき桂川にかかる橋の前に来た。折からの雨に増水した桂川は音を立てて流れている。そのうねりに内蔵助は人の世の姿を見た。

馬首を返した斎藤内蔵助は率いる三千の者たちに言い放った。

「敵は四条西洞院油小路の本能寺にあり。本能寺を取り囲み、中に攻め込む。これより京の町中を進み、堀川を渡れば本能寺は目の前じゃ。鑓隊は鑓のさやを外せ、弓隊は弓に弦を張れ、鉄砲隊は火縄に火をつけよ、また各自草鞋を新しきものに替えよ。途上でわれらの邪魔をする者があればためらわず切り捨てよ。各隊ともそれぞれの下知に従い奮戦せよ。もし死す者があれば必ず縁のあるものを探し出し、取り立てる」

兵の準備はすぐに整った。合戦に次ぐ合戦の戦国の世を生きてきた者たちは戦支度に慣れていた。

斎藤内蔵助は馬に姿勢良く跨り、桂川の橋を渡った。その後に数十騎の騎馬武者が続く。いずれも斎藤内蔵助と戦場を駆け巡ってきた者たちだ。

馬の足音、甲冑や武具の擦れる音、徒の者の足音、馬のいななきと息遣い、火縄の匂い、完全武装の三千の軍勢が狭い京の道を行くのだから、寝ている人たちもそれに気づいて目を覚ましたことだろう。

その軍勢が油小路に侵入した。道路の幅は七メートルほど。兵が二列になれば既に一杯という狭さだ。斎藤内蔵助の配下三千は本能寺の周りの道を埋め尽くした。本能寺には南北に堀を渡る橋を架けた門がある。南門のすぐ前には京都所司代の村井春長軒が住んでいた。そして当然のことながら本能寺の南北の門には門番が立っていた。

完全武装の軍勢が本能寺を取り囲んだ。

……打ち合わせどおりに明智の軍勢が徳川家康を討つために来た……

京都所司代の村井春長軒も、本能寺の門番も、そして本能寺に居る信長の近習たちも、そして当の信長もそう思った。したがって誰も明智軍の出現に違和感をもっていなかった。

夜が白々と明けてきた。戦国武将の一日は夜明け前から始まる。そろそろ信長も起き出す頃だ。斎藤内蔵助は南門へ、三宅弥平次（左馬之助）は北門に向かった。僅かの供を連れて橋を渡って門番に近づいた。

「何か御用でござるか。まだ早うござるが」

門番がにこっと笑いながら声をかけた。

「明智が家臣斎藤内蔵助、上様に火急のお目通りを願いたく……」

と言いながら、斎藤内蔵助は刀を抜いて門番に向かって走った。

「何をなさるか」

門番は大声を出して鑓を構えた。

そこに、斎藤内蔵助の脇から前に出た家来の一人が鑓を繰り出した。その鑓を反射的に門番は自身の鑓に絡めた。その時門番の右半身に大きく隙が生じた。

「とあー」

斎藤内蔵助の刀がその隙に吸い込まれるように切り込んだ。

「ぎゃー」

袈裟懸けに切られた門番は鑓を捨て門の前に転がったが、両手を後ろについて後ずさりをしながら、

「出会え、明智殿御謀反」

と叫んだつもりだった、いや叫びたかったが肩口から吹き出る血の勢いに、言葉が不明瞭になった。周囲にはただの悲鳴か大声にしか聞こえなかった。

斎藤内蔵助の家来が門番に飛び掛り、馬乗りになり、刀を首にあてがうと一気に押し切った。門番の声はしなくなった。

斎藤内蔵助はそれっと右手を振った。それを合図に明智軍、いや、斉藤軍と言った方が正確かもしれない一団が、斎藤内蔵助を先頭に本能寺の門をくぐった。庭にはまったく人影がない。

「何か騒ぎが起こっているようだが」

女どもにかしずかれながら洗面をしようとしていた信長が聞いた。信長はまだ白い寝巻きを着ている。小姓の一人が、

「先ほど、明智の者どもが参上した様にございます。下々の者が喧嘩でも致しておるに相違ございますまい」

と言った。

「そういえば収まったようじゃの。夜通しの行軍で気が立っておるやもしれぬな」

「御意」

信長たちは門番が討ち取られて静かになったのを仲間内の争いが収まったものと勘違いしていた。


その頃、斎藤内蔵助は本能寺境内の御殿に侵入していた。抵抗は全くなく、扉は大きく開いていた。全くの無防備だった。

御殿の内に上がった。勿論草鞋履きのままだ。廊下にも座敷にも人影はない。たまたま奥から出てきた者をいきなり切って捨てた。切った者が首を取ろうとするのを斎藤内蔵助は止めた。

「褒美は間違いなく後で遣わす。首は打ち捨てよ」

廊下を歩いてきた女を見つけた。二人掛かりで抱きとめ、刀を首に当てて女に聞いた。

「上様はいずれにおわす」

「奥にて今顔を洗ってございます」

女は震える声で答えた。

「上様の身なりは」

「白い寝巻きをお召しにございます」

「左様か」

と応えるなり、斎藤内蔵助は女に当身を食わせた。女はそこに崩れ倒れた。

斎藤内蔵助が、上様は……、と聞いたので従っていた部下は、……あっ、これは徳川家康様ではない。討とうとしているのは上様、織田信長様だ……と気づいた。

この当時の武士は主が攻めよ、と言えば、攻める相手が誰かなど考えずに攻めかかる。主の指示通りに戦って生き抜いてきたのである。

「敵は目前にいる。短弓を持っておるな」

「は」

屋内の戦闘では長鑓、普通の弓などは使いにくい。短弓を用いるのが常道だ。

廊下を曲がったところに三名の武者がいた。信長の宿直の者のようだった。

「待たれい。何用だ」

「上様のお召しにより軍勢を率い参上いたしました明智光秀が家臣、斎藤内蔵助にござる。

主光秀より上様に急ぎ申し上げるべきこと出来《しゅったい》いたしましてござる。上様にお取次ぎを願いたい」

廊下に座って話しかけているので宿直の者は斎藤内蔵助らが草鞋のまま侵入したことに気がつかなかった。

「暫しそれにてお待ちあれ」

「は、は」

一人の武者が中に入り、そしてすぐに出てきた。

「上様は今顔を洗ってござるが、苦しゅうない、中に入られよ、との仰せである」

「忝い」

と言うと、斎藤内蔵助他数名は立ち上がった。その瞬間彼等が草鞋履きであるのに宿直の武者が気がついた。

「うぬら、何事じゃ」

武者三人は刀を抜いた。一人は中に駆け込もうとした。

斎藤内蔵助らは三人に襲い掛かった。戦いというものは常に不意に攻め込んだ方が有利である。斎藤内蔵助の後ろには本能寺境内で始まった織田の家来との戦闘を潜り抜けてきた明智勢が音を立てて近づいていた。

武者二人はたちまちに切り倒したが残る一人は中に入ろうとした背中を切った。その武者

は中に向かって、

「明智謀反にござります」

と叫んで倒れた。

斎藤内蔵助は五間ほど先に白い寝巻きを着て、侍女から手ぬぐいを受け取ろうとしている信長の姿を見た。

信長は斎藤内蔵助を、きっと睨みつけながら、

「何のための謀反か」

と怒鳴った。

「問答無用」

斎藤内蔵助はそういうと、

「弓」

と叫んだ。

「は」

と、部下は短弓に矢を番えると信長めがけて射た。

信長は武器を持っていない。飛び来る矢をよけようと体を捻ったが、何しろ至近距離から

の矢だ。かわし切れずに腰の後ろ側に刺さった。白い寝巻きに見る見る赤い血がにじんでいく。

「乱、乱はおらぬか」

信長は腰に刺さった矢を抜きながら大声で森乱丸を呼んだ。鏃には返しがあるために一旦刺さったら抜けにくい。あえて抜けば傷口は広がり出血が多くなる。そんなことを知らぬ信長ではなかったが天下人が矢が刺さったままでいることに絶えられなかったのである。

そこへ、

「上様、ご無事なりや」

と、叫びながら森三兄弟が飛び込んできた。そして信長に大長刀を手渡すと三兄弟が信長の脇を固めた。

「討って手柄にせい」

斎藤内蔵助は部下に言った。その時には斎藤勢のかなり多くが集まって来ていた。信長に一番鑓をつけようと何人もが鑓を繰り出したが、信長の大長刀の前に既に数人が切り倒されていた。

その時バァンと音がした。斎藤勢の中から鉄砲が発射されたのだ。激しく動き回る信長に

は狙いをつけにくかったが、ともかく発射した鉄砲の弾は信長の右ひじをかすめた。肘の肉をそがれた信長は、

「乱、屋敷に火をつけよ。あれを光秀に渡してはならぬ」

「畏まって候」

あれを渡してはならぬ、と聞いたとき斎藤勢は天下に有名な茶の道具のことだと思った。

……できれば天下の名器をそのまま手に入れたい……

斎藤内蔵助も一瞬そう思った。

信長はその場を近習の者に任せると奥に逃れていく。

板戸の向こうに、

「女どもは苦しゅうない。逃れでよ」

と言う信長の声が聞こえる。

何やら女が逃れずに留まろうとしているらしく、

「苦しゅうない、逃れよ」

と言う信長の声が再度聞こえた。

情を通じてきた女が去りがたい風情を示しているのだな、と斎藤内蔵助も感じた。

「それ、信長を逃すな」

斎藤内蔵助の厳しい声に立ち向かう信長の近習を切り伏せ、板戸の向こう側に飛び込んだ斎藤勢が急にばたばたと倒れた。脇から矢を射られたのだ。

御殿の中の様子が分からぬ斎藤勢は不意打ちを食らうたびに目指す信長から離れていった。そのうち御殿の中に煙が流れてきた。板戸や、障子などが炎をあげて燃え始めた。

斎藤勢は圧倒的な戦力なのに攻めあぐねていた。本能寺はただの寺ではなかった。天下を治める織田信長の京での宿所なのだ。松島の瑞巌寺を想像すればよい。瑞巌寺は仙台城が落ちた時に伊達政宗が立て籠もるために建造した寺の形をした砦だ。刀も鑓も通らぬ、床、板戸が駆使されている。それに伏兵を配するための武者隠しもそれとは見えぬように作られていた。本能寺が同様に守りの機能を備えていることは容易に想像できよう。


信長は森乱丸ほか数名の近習と奥に急いでいた。前に大きな扉がある。分厚い材木でできた扉の奥に入ると、扉を閉め、太い閂をかけた。

「油をまいて火をかけよ」

信長は言いながらさらに奥に行く。そこにはまたやや小振りな扉があった。

「火をつけ終わったらこの中に入れ。程なく斎藤勢が押し寄せてくるだろう」

小振りな扉の奥は蔵のようだった。殆ど真っ暗だ。

「乱、明かりを」

「は、は」

「この樽に火が着く様に支度をせよ」

見れば、蔵の中は二階に分かれているがその両方に樽が積み上げられている。

「上様、火薬に火をつけるのは構いませぬが、落ち伸びられぬのでございますか。信忠様もそれほど遠くはございませぬぞ」

「乱、この本能寺に抜け穴を作ったはわしじゃ。だがな、謀反したるはだれぞ」

「明智光秀にござりましょう」

「乱、お前もあの明智光秀という男を知っておろう。一時の感情にかっとなって謀反をするような男ではないぞ。なればこそ五十一万石の大大名にまでしたのだ。徳川家康への駿河一国進上後の謀反の疑いの時、光秀は家康を庇い続けた。織田にとって家臣ではない徳川の存在と外様の大大名明智光秀の存在は邪魔だった。だからこそ明智に徳川を討たせようと策を練ったのよ。徳川に害意がないように見せるためにわざと無防備にし、そこへ明智が軍勢を呼び寄せたのよ。愚かなことじゃ。わざわざ謀反のお膳立てをわしがしたようなものじゃ。光秀のことじゃ、謀反をするからには徳川とも気脈を通じておろう。明智の軍勢はおおよそ一万三千、信忠のところの五百くらいでは所詮持ちこたえられるわけがない。見よ、ここにある大量の火薬樽を。これを光秀が手に入れれば天下取りも可能かもしれぬ。この火薬だけは渡してはならんのよ」

「では落ち延びられぬと」

「人間五十年下天のうちに……と謡って来た通りとなったわ。死のうは一定……。乱、共に面白い夢を見たのう」

「分かり申した。種子島より本能寺の力で取り寄せたこの火薬で我等が吹き飛ぶと同時に謀反人どもも吹き飛ばしてやりましょうぞ」

蔵の扉を壊しにかかった音が響いてきた。

「乱、いくつかの樽の蓋を外し、そこいらじゅうに火薬を撒け。敵が近づいた。みなのこれまでの忠勤、この信長忘れまいぞ。これより敦盛を謡う。構わぬ、乱、火薬に火をつけよ」

蔵の中は火薬が燃える匂いが充満した。その匂いと煙の中に、信長の敦盛が流れる。蔵の扉がその時打ち破られた。煙が外に流れ出る。

「おお、これは火薬の匂いぞ。おお、あの樽の上にいるは正しく織田信長、おのおの、討ちとれぇ〜」

上段の樽の上には信長、その下の段の樽にはまるで雛人形の如く信長の近習が胡坐をかいて座っている。

飛び込みかけた斎藤勢はその様子を見て不吉な予感を抱いた。

「……一度生を受けぇ、滅せぬ者のあるべきか〜……」

信長が敦盛を歌い終えたちょうどその時、大爆音がして火薬樽が爆発した。その瞬間、信長主従は形もなく消え去った。蔵に入ろうとした斎藤勢もことごとく吹き飛んでしまった。

御殿の一部も吹き飛び、残る御殿は燃えながら倒れ、攻め込んだ斎藤勢にも多数の犠牲が出た。本能寺を囲んでいた者の上には建物の破片、瓦が落ちてきたし、塀も崩れた。それらで負傷した者も多かった。

かくして織田信長は消え去ったのである。

信長公記、本城惣右衛門覚書そしてフロイス日本史など

本能寺での戦いの様子を記述したものに信長公記、本城惣右衛門覚書、そしてフロイス日本史がある。

信長公記は秀吉が家臣であった太田出雲守牛一に命じて書かせた信長公の一代記だ。といっても永禄十一年から天正十年までの一年一巻、計十五巻の記録書だ。かなり信憑性のあるものなのだが、たとえば本能寺の変の前日の茶会の様子などがまったく書かれていないなど奇妙なことがある。信長の弔い合戦に勝利し、信長の天下を継承した秀吉にとって信長の輝ける一代記は必ず書き残さなければならぬものだった。

しかし、信長の死の前後の動きには秀吉の天下奪取に関係する語りたくない事実があったに違いない。信長の威光を書き残すが秀吉にとって都合の悪いことは削る、そういう操作の結果できあがったのが信長公記である以上、本能寺の変の記述にも何らかの操作が加えられていると見るのが正しいだろう。

にもかかわらず、信長公記での本能寺の変の様子がテレビ、映画で繰り返し演じられる。

何か見えないところでそのように国民を信じさせよ、という力が働いているように感じられる。

それでも信長公記にも真実の片鱗が見える。以下に本能寺の変の部分を引用してみよう。

六月朔日夜に入り、老いの山に登り、右へ行く道は山崎天神馬場、摂津国皆道なり。左へ下れば京へ出る道なり。ここを左に下り、桂川を打ち越え、漸く夜も明け方に罷りなり候。

既に信長公御座所の本能寺を取り巻き、勢衆四方より乱れ入るなり。

信長もお小姓も、

当座の喧嘩を、下々の者どもが、しでかし候やと、思し召され候のところ、一向さはなく、ときの声を上げ、御殿へ鉄砲を打ち入れ候。

「これは謀反か。如何なる者の企てか」

と御諚があり、森乱が申すようには、

「明智が者と見え申し候」

と言上したところ、

「是非に及ばず」との上意に候。

隙もなく直ちに御殿へ乗り入れ、面御堂《めんごどう》の御番衆も御殿へ一手になられ候て、御馬屋より、矢代勝介、伴太郎左衛門、伴正林、村田吉五が切って出て、討死。

この外、御中間衆、藤九郎、藤八、岩、新六、彦一、弥六、熊、小駒若、虎若、息小虎若初めとし二十四人、御馬屋にて討死。

御殿の内にて討死の衆。森乱、森力、森坊、兄弟三人。

小河愛平、高橋虎松、金森義入、菅屋角蔵、魚住勝七、武田喜太郎、大塚又一郎、狩野又九郎、蒲田与五郎、今川孫二郎、落合小八郎、

伊藤彦作、久々利亀、種田亀、針阿弥、飯河宮松、山田弥太郎、祖父江孫、柏原鍋兄弟、平尾久助、大塚孫三、湯浅甚介、小倉松寿らの御小姓掛かり合い、懸り合い討死候なり。

この内、湯浅、小倉の両人は、町の宿にてこの由を承りて、敵の中に交じり入り、本能寺へ駈け込みて討死の者。

お台所口にては、高橋虎松が暫く支え合せ、比類なき働きなり。

信長、初めには、御弓をとりあい、二、三つ遊ばし候えば、いずれも時刻到来候て、御弓の絃が切れ、

その後、御槍にてお戦いなされ、御肘に槍疵をこうむられて引き退がられると、

「女は苦しからず、急ぎ、まかり出よ」と、これまで御傍にいた女どもの附き添っていた者どもに仰せられ、追い出され、

「御姿を、敵にお見せあるまじき」と、思召し候にてか。もはや、すでに火をかけて、

次第に焼けて来たり候ゆえ、

信長はそのまま殿中の奥深くへ入らせたまい、内側より、御納戸口をたてて閉め、それにて無情にも、御腹を召され。

ここでは、信長もお小姓も当座の喧嘩を下々の者どもが、「しでかし候やと思し召し候ところ」というのが重要である。完全武装の軍勢三千が本能寺の周りの狭い道に入り込めば相当の音がする。まして騎馬武者もいたのだろうから馬のいななきもする。それらが本能寺の中にいる信長たちに聞こえぬわけがない。まして夜明け近くのまだ町が静かな刻限だ。幾多の戦場で軍勢の移動の音を聞いてきた信長とその家臣たちがこの音を聞きそこなうわけがない。

さらに何らかの争う声が聞こえてきても、下々の者どもの喧嘩だと判断している。信長は安土からほんの三十人ほどの部下を連れて本能寺に来た。その中に喧嘩をする下々などいないのは百も承知している。それを「下々の者どもの喧嘩」などと判断することは、信長が本能寺に軍勢が来ることを知っていて、それが味方と信じているがゆえに、下々の喧嘩と判断したに違いない。

もし、予定もないのに夜明けに泊まっている、しかもほんの僅かの供の者しかいない状況で宿舎を取り囲む軍勢の音を聞けば、その段階で家臣は取り囲んだ軍勢を調べ、門を閉じ、信忠軍に知らせを出したに違いない。まして争いの声を聞けば、すわ敵襲、と身構えるのが当然である。

よって、信長と供の者は明智軍が本能寺に来ることを予期していたことになる。

次に、有名な本城惣右衛門覚書を見てみよう。この本城惣右衛門は斎藤内蔵助に従って本能寺に最初に入った明智軍の兵であり、その記述は最も信憑性に富むものだ。随分昔からこの文書の存在が知られているにもかかわらず、映画、ドラマなどで採用されないことに驚きを禁じえない。以下に本文を引用しておく。

一、あけちむほんいたし、のぶながさまニはらめさせ申し候時、ほんのふ寺へ我等よりさきにはい入り候などゝいふ人候ハゞ、それハミなうそにて候ハん、と存じ候、そのゆへハ、のぶながさま二はらさせ申す事ハ、ゆめともしり申さず候、その折ふし、たいこさまびつちう二、てるもと殿御とり相二て御入り候、それへ、すけ二、あけちこし申し候由申し候、

山さきのかたへとこゝろざし候へバ、おもいのほか、京へと申し候、我等ハもその折ふし、いへやすさま御じやらくにて候まゝ、いゑやすさまとばかり存し候、ほんのふ寺といふところもしり申さず候、

人じゅの中より、馬のり二人いで候、たれぞと存候へバ、さいたうくら介殿しそく、こしやう共に二人、

ほんのぢのかたへのり申され候あいだ、我等そのあと二つき、かたはらまちへ入り申し候、それ二人ハきたのかたへこし申し候、

我等ハミなみほりぎわへ、ひがしむき二参り候、へん道へ出申し候、そのはしのき

わニ、人一人い申し候を、そのまゝ我等くびとり申し候、
それより内へ入り候へば、もんハひらいて、ねずミほどなる物なく候つる、そのく
びもち候て、内へ入り候、

さだめて弥平次殿ほろの衆二人、きたのかたよりはい入り、くびハうちすてと申し
候まゝ、だうの下へなげ入れ、
をもてへはいり候へバ、ひろまニも一人も人なく候、かやばかりつり候て、人なく
候つる、

くりのかたより、さげがミいたし、しろききたる物き候て、我等女一人とらへ申し
候へバ、さむらいハ一人もなく候、
うへさましろききたる物めし候ハん由、申し候へ共、のぶながさまとハ存ぜず候、
その女、さいとう蔵介殿へわたし申し候、
御ほうこうの衆ハ、はかま・かたぎぬにて、もゝだちとり、二三人だうのうちへ入

り申し候、
そこにてくび又一ツとり申し候、その物ハ、一人おくのまより出、おびもいたし申さず、刀ぬき、あさぎかたびらにて出申し候、
その折ふしハ、もはや人かず入り申し候、それヲミ、くずれ申し候、我等ハかやつり申し候かげへはいり候へバ、かの物いで、すぎ候まゝ、うしろよりきり申し候、
その時、共ニくび以上二ツとり申し候、ほうびとして、やりくれ申され候、のゝ口ざい太郎坊ニい申し候、

この本城惣右衛門覚書の要点は、
・本能寺に最初に進入したグループに属していたこと
・在京の徳川家康を討つものとばかり思っていたこと
・本能寺の警備が全くなされていなかったこと

・御殿内まで全く抵抗なく侵入できたこと
・信長が白い着物を着ていたこと（女からの伝聞）

などである。この様相は信長公記の記述とは全く異なる。

本能寺の変に関する記録はもう一つある。フロイス日本史と呼ばれるもので、宣教師が書いたものだ。独自の情報源からの情報に基いて書かれたものと思われる。当時の本能寺のほんの僅か東にあった南蛮寺で得た情報に違いないだろう。以下引用してみる。

（明智の軍勢は）信長が都に来るといつも宿舎としており、すでに同所から仏僧を放逐して相当な邸宅となっていた本能寺と称する法華宗の一大寺院に到達すると、

天明前に三千の兵をもって同寺を完全に包囲してしまった。この事件は市の人々の意表をついたことだったので、

ほとんどの人には、それはたまたま起こった何らかの騒動くらいにしか思われず、事

実、当初はそのように言い触らされていた。

我らの教会は、信長の場所から、僅か一街を距てただけのところにあったので、数名のキリシタンはこちらに来て、折から早朝のミサの支度をしていた司祭（カリオン）に、御殿の前で騒ぎが起こっているから、

しばらく待つようにと言った。まもなく銃声が響き、火が我らの修道院から望まれた。

次に喧嘩ではなく、明智が信長に叛いて彼を囲んだのだという知らせが来た。

明智の軍勢は御殿の門に到着すると、真っ先に警備に当たっていた守衛を殺した。

そこでは、このような謀叛を夢にも考えず、誰も抵抗する者がなかったので、

彼らは更に内部に入り、信長が手と顔を洗いおわって、手拭で拭いている背へ矢を放った。

信長は、この矢を抜いて薙刀とよぶ柄の長い鎌のような形の武器を持って、

しばらく戦ったが、腕に弾創を受け、自らの部屋に入り、戸を閉じた。ある人は彼は『切腹した』と言い、他の人たちは『客殿に火を放って生きながら焼死した』と言う。

だが火事が大きかったので、どのようにして彼が死んだか判っていない。我らが知り得た事は、その声だけでなく、その名だけで万人を戦慄した人が、毛髪といわず骨といわず灰燼した事である。

このフロイス日本史の記述の内容が実際に本能寺に攻め込んだ本城惣右衛門の覚書の内容とかなりよく一致しているのに驚く。要点をまとめれば、

・明智軍三千が本能寺を囲んだ。
・守衛を先ず殺し、門内に入ったが全く抵抗はなく、広間に侵入した
・信長は洗面中で白い着物を着ていた。
・信長の背に矢が刺さったが、信長はそれを抜いて、長刀をもって暫く戦った
・しかし、肘に弾を受け、自室にこもった。

・切腹した、焼け死んだと言う者がいるが実際にどのように死んだか不明。
・ただ、毛髪も、骨も灰燼に帰すほどの大きな火事だった
となる。

南蛮寺というキリシタンの寺で得た情報が本能寺の変に直接参加した者からのものではあるまいから、ここに記された変の様子は当時の誰でも知りうる情報、すなわち、広く流布したものだったのだろう。

本能寺の周りを完全武装の軍勢が取り囲んだのに全く意に介さなかった人間がまだいる。それは京都所司代の村井春長軒だ。京都所司代が京の中での軍事行動に気づかずにいるわけがない。彼は明智軍が本能寺を攻撃し、信長が死んだことを知って慌てて妙覚寺の信長の嫡男、信忠のところに走っている。村井春長軒の屋敷は本能寺のすぐ前だ。もし明智軍が一万三千もいたならば本能寺は十重二十重に囲まれていたことになり、とても村井春長軒は妙覚寺になどたどり着けなかっただろう。本能寺を囲んだのが斎藤内蔵助率いる三千だったことを示すものだろう。そしてそれは、フロイス日本史の記述の信憑性を物語っている。

本能寺の変での信長の死因を火薬の爆発によると看破したのは矢切止夫氏だ。ただし、矢切氏はその火薬がキリシタン勢力からもたらされた物と考えていたようだ。この関係の調査に矢切氏は遠くヴァチカンにまで行って資料を探している。矢切止夫著の「正本織田信長」（桃源社）に掲載された資料を以下に記しておく。

（その一）

聖庁国務省　ゴア教皇使節　代理

わが親愛なるドン・フランシスコ殿

愕くべきことに、この邦に革命が起きた。

テンカと呼ばれる王と、その王子が謀殺。ねこみを襲われて焼き殺されてしまった。サカイやキョウの富裕な市民が支持した王政は倒れ、アケチの革命軍が貧民階級の支持によって、勝利をおさめた。難民たちの略奪騒ぎがつづき人々は地方に疎開している。だが、僅か十一日目に、ヒデヨシと呼ぶ農村出身のプロレタリアートが彼を殺して情勢は又変った。

何故、アケチは革命を起こしたか。いったい誰の命令で、今まで仕えていた王を殺害したのかと、みんな色々と噂しあっている。
黒い霞にすっぽりと包みこまれてしまった、この東洋の国にも、われらの神のご守護と、祝福のあらんことを。アーメン
一五八八年六月三十日
忠実なる天帝の下僕、コメス修道士

(その二)
マカオにおけるイエズス教会総司祭
並びに、神のための学校を育てる
サセント・ゴリアへ

テンカとよばれていた日本のノブナガが、キョウで爆死をとげた事に関しては、これは、われらは神の御名において何人の口をも封じねばならぬという事が、極めて重要かつ大切であり、それが神の思召でもある。

よって、あくまでもイエズス派のパードレや神に仕えるイルマンには、厳しい緘口令がしかれねばならぬ。京の教会より慌しくマカオへ逃げ戻ってきた者どもには、これを生涯他と接触のなき僧房にとじこめ、もって神の恵みに縋るようになさしめよ。なお国王陛下並びに法王庁におかせられても、今回の東洋における出来事は心痛されていて、追ってしかるべく沙汰が出ると思うが、コメス修道士の書き送ってきたような空々しい報告は、かえって逆に疑惑をうむから、これは注意をさせんことを、ここに神の御名において告げせしむ。

聖庁国務省ゴアに於ける
教皇使節代理ドン・フランシスコ

この資料のうち、最初のものではノブナガは焼き殺されたと書いている。次の資料ではもっとはっきり「ノブナガがキョウで爆死をとげた」と記述している。先のフロイス日本史での「毛髪も、骨も灰燼に帰すほどの大きな火事だった」という記述と整合性がある。明智の軍勢も後の秀吉も必至に信長の遺体を探したが見つからなかったということも火薬によって木っ端微塵になったとすれば納得がいく。

キリスト教徒がいた南蛮寺は本能寺のすぐ近くにあった。彼等が本能寺での火事と火薬の爆発を直接見ていた可能性は極めて高い。

信長は安土にセミナリオをつくってもよいと許可を与えたほどキリスト教には寛大だった。それゆえ、南蛮寺の者を始めイエズス会関係者にとって、信長の死は大事件だった。先がどうなるか分からぬためか、イエズス会は本能寺の変に関する情報が漏れぬように緘口令を敷いたようだ。

徳川家康の堺脱出そして伊賀越え

「殿、本日信長公が上洛されるとのことですぞ」

服部半蔵が音もなく家康の前に来るなりそういった。

「それで、供はどのくらいか」

「供は少なくほんの三十ほどとか。安土城から天下の名器とされる茶道具を多数運ばれる由」

「軍勢は伴わぬのか」

「信長公は伴いませぬが、嫡男信忠様が五百名ほどの軍勢を連れて妙覚寺に入られるとのこと」

「明智光秀殿からの知らせは」

「明智軍には六月の二日未明に信長公宿所である本能寺にまで来るように信長公から指示が出ているそうにございます」

「信長公は茶会を開かれるのか」

「は、六月一日に本能寺で主なる公家衆が招かれたとのこと」

「これをどう見る」

家康は半蔵の報告を聞いて同席していた酒井忠次に向かって聞いた。

「信長公は京での茶会の後、直ちに中国表に出陣されるはずだったな、半蔵」

酒井忠次が厳しい顔で半蔵に問うた。

「は、既に明智殿、長岡殿、池田殿、塩河殿、高山殿、中川殿らが先陣として出立するべく準備を整えております」

「が、信忠様に五百の手勢がいるだけで信長公の直属の軍勢がおらぬではないか。甲州攻めのときには、お小姓衆、お馬廻り衆、お弓衆、鉄砲衆などがおった。旗本を固める軍勢はどうするのだ」

「安土からいずれ参集し、信長公と共に中国表へ、と言われてはおりますが。あの慎重な信長公が警護の者も連れずに出陣とは、考えられませぬ。これは中国表に出陣する振りをする大芝居と考えられましょう」

「そうよの、わしもそう思うた」

「明智殿が我等を襲うために京に入るのは二日の未明。それなれば一日のうちに京を出て堺に向かえば安全かと」

その、酒井忠次の声を遮るように、家康が声を発した。

「明智に我等を襲わせるのを二日と思わせておいて、実は信忠の手勢五百で我等を奇襲することになっていたらどうする。我等は三十人、とても防ぎきれるものではないぞ。信長公への言い訳など何とでもなろう。ともかく一刻も早く堺に逃れることとしよう」

そしてその日、すなわち五月二十九日のうちに徳川家康と穴山梅雪一行は堺に入った。信長の手から逃れるのだが表向きは物見遊山だ。のんびりと構えていなくてはならない。

信長から案内役に派遣された長谷川竹のほかに信長の嫡男信忠からも案内役として杉原家次が派遣されていた。徳川家康の見物の希望はすべて叶えられるものの、二十四時間彼等の監視の下にあり、なおかつその行動はすべて信長と信忠に知らされていたのだ。

その夜は宮内法印の振る舞いがあった。そして宿舎の家康の部屋に、皆が寝静まったのを確かめた服部半蔵が滑り込んだ。まるで黒い霧が吸い込まれていくような感じだ。

「殿」

「うむ、半蔵か。京の様子は分かったか」

「は」

「む、いよいよ、じゃな。酒井忠次を呼べ」

「忠次はこれにおりますぞ」

酒井忠次がこれまた音も立てずに襖を開け、入り、そして閉めた。

「六月二日の未明に本能寺に斎藤内蔵助が到着となればそのときこそ大事が起きる時じゃ。その時われらはどうする」

家康が思案に思案を重ねるように自問した。そして、自らの考えを整理するかのように独り言を続けた。家康はまだまとまらぬ考えなどを口にする人間ではない。それだけ家康の人生の中で重大かつ慎重な判断が求められた時だったのだろう。

「突然のこと、織田家だけでなく日本国中が明智光秀の謀反と捉えるであろう。秘密裏にことを進めるために明智光秀は誰にも計画を漏らしてはおらぬ、であろう。であれば、主を謀反という形で討たれた織田家の家臣は謀反人明智光秀に対して弔い合戦を挑むは必定」

「なればこそ、京を抜け、安土を通り、美濃、尾張を通過しての脱出など不可能にございますな」

酒井忠次が補った。

「かと言うて、他の道はわれらは不案内じゃ。半蔵、伊賀を抜けられるか。先年の伊賀攻めで織田は伊賀者には嫌われていよう」

「京と安土の間は戦場にござります。近づかぬが肝要。拙者、伊賀者にはございますが伊賀の生まれ、育ちではござりませぬゆえ伊賀を詳しゅうは知り申さず。しかし、明智殿からの知らせによれば、既に柘植の城主、喜多村出羽守殿に殿の帰国に力を貸すように手配したとのことにございます」

「その喜多村という柘植城主は信ずるに足りるか」

「は、喜多村出羽守は明智光秀殿の奥方の実父にございます。服部出羽守とも申し、拙者と同じ服部一族にてもございます」

「なるほど、それで喜多村殿とは連絡が取れているのか」

「手の者を走らせておりますれば明日にも知らせがあろうかと」

「明智殿がそこまで手を回してくれておったか。この親切はの、ただの親切ではない。我等が早く堺を脱出して浜松に戻り、軍勢を率いて明智軍と合流し、天下を押さえねばならぬ。ことは急を要するのだ」

「我等が軍勢を引き連れて織田の背後をつく、上洛するまで明智殿は単独の戦となりましょうが持ちこたえられるでしょうか」

酒井忠次が口を挟んだ。

「信長の嫡男、信忠は五百の手勢と共に京にある。明智光秀がこれをそのままにしておくはずはない。信長もろとも討ち果たすのは明白じゃ」

「大坂にある信澄殿は」

「明智殿の娘を嫁にしているだけに織田家の中で疑われよう。織田が一枚岩になれぬ要因じゃ」

「信忠殿亡き後の織田家の中の手ごわき大名は」

「織田家の重鎮、柴田勝家、羽柴秀吉、滝川左近、丹羽長秀、前田又左、川尻などか。だが、柴田勝家は遠く、北の庄にある。とてもすぐになど駆けつけられぬ。羽柴秀吉は備中高松城を水攻め中であり、しかも毛利の軍勢と対峙しておる。これもそう簡単には軍勢を戻せぬ。滝川左近にいたっては上野の国という遠国にあり、入国まもなく国内がまとめきれておらぬ。川尻も甲斐に入ったばかり、前田又左も遠すぎる。かろうじて丹羽長秀が動けるくらいか」

「ならば、すぐさま大軍を明智殿に差し向ける者はございませぬな」

「すぐにはなくとも、近くには必ずある。柴田勝家と羽柴秀吉の二人が一番の問題じゃ。

柴田勝家は山の向こうの遠国だが羽柴秀吉は遠くにあると言うても、山陽道をひた走れば思うより早く戻ることも考えられる。それにあの男、何をするか分からぬぞ。好機到来と見て天下を狙うかもしれぬ。それと比べれば織田一門など大した事はない。秀吉が問題じゃ、秀吉が軍勢を返す前に明智殿と共に迎え撃つ準備をせねばならぬ。早いほど良いのじゃ。伊賀越えの支度をいたせ」

「かしこまって候」

酒井忠次と服部半蔵は同時に答えた。

「六月二日の昼には京より知らせが入ろう。知らせが入り次第堺を出立する。堺を出てからすぐに馬にて走り抜けられるように馬の用意などを抜かりなくしておくように。くれぐれも堺の者たちには知られぬように用意せよ。わしは悠然と構えて茶の湯の会を先々まで予定するようにしておき、目付けの長谷川竹などの目を欺くとしようぞ。時に半蔵。二日の昼過ぎに堺を抜けたとして浜松には何時着けようか」

「何も障害なく走り抜ければ四日、そうも行かぬでしょうから先ずは五日はかかろうかと」

「ともかく一刻でも早く戻れるように手配せよ。それと甲斐の地侍たちにひそかに知らせを送り、安土へ急ぎ戻ろうとする川尻を倒すように指示せよ」

この徳川家康の堺入りについては堺の茶人たちの日記に記載がある。

（宗久茶湯日記他會記）

同五月二十九日ニ徳川殿堺へ被成、御下津候。庄中ニ振舞之義依宮法被仰付候而請。いたし候而仕事ニ候。

（今井宗久茶湯日記書抜）

徳川殿堺へ御下向ニ付、為御見廻参上、御服等玉ハリ候。来月三日、於私宅御茶差上べクノ由申置候也。

（宇野主水日記）

徳川堺見物トシテ入津。穴山同前。其晩ハ宮内法印にておほつきの振舞あり。

この宇野主水日記の記載が興味深い。「徳川堺見物トシテ入津」と言うところは「徳川家康が表向き堺見物と称して堺に入った」と言っている様である。本当は見物に来たのではなく京で襲われるのを避け、逃れてきたのを知っていたかのような記述だ。

事実、六月二日の宇野主水日記に依れば、

六月一日朝、宗久にて茶湯朝会。昼、宗牛（天王寺屋宗久）にて同断。晩は宮内法印にて茶湯。其後幸若に舞わせ候様酒宴有之……

とあり、堺見物とは名ばかりで朝昼晩と茶の湯といいながら宴席ばかりであったように見える。

六月一日、徳川家康一行は今井宗久や宮内法印の接待を悠然と受け、楽しんだ。そして翌二日、茶の湯を楽しんでいた、いや、内心は今か今かと明智光秀が織田信長を討ち取ったとの知らせを待っていた。その時、家康に、チ、チッという鳥の声が聞こえた。

家康は席を立つと厠へ向かった。相変らず天気はぱっとしないが雨はやんでいるようだ。厠に入り小用を足している家康に服部半蔵の小さな声が聞こえた。

「本日明け方、斎藤内蔵助率いる三千が本能寺を囲み、討ち入った様でございます。テンカ様は本能寺に火をつけ、さらに火薬に火をつけて木っ端微塵になられた様にございます」

「左様か。ならば長谷川竹への知らせを待って堺を出る。一同それとなく支度を致すように。みやげ物などはすべて捨ておけ」

「承知仕った」

家康は何食わぬ顔で席に戻った。

そして昼前、長谷川竹が徳川家康のところに走りこんできた。

「徳川殿。大変なことが出来いたした。上様がなくなられた」

「な、何、織田信長殿がなくなられたと申すか。何か俄かの病でも」

徳川家康は驚き、動揺を隠せない様子で聞いた。

「いや、病などではござらぬ。今朝ほど、本能寺にお泊りのところを明智光秀が軍勢に囲まれ討たれてしまったとのこと」

「信長殿には御家来衆が従ごうておる筈、まして、中国表にご出陣と聞いておった。たやすく討たれるわけがござらん」

「いや、安土より引き連れた供は約三十人、本能寺におった者と合わせても百人には不足かと。又信忠様の軍勢も五百、とても抗しきれるものでは……」

「では信長様だけでなく、信忠様も討たれたというのか」

「左様」

「討たれてしもうたとなれば是非もないが、これからどうするかじゃ。長谷川殿は信長様の御家来、信孝さま、信雄様のところに駆けつけられるか。もはや我らの物見遊山の案内などお忘れ下され」

「で、徳川殿はどうなされる」

「この家康、信長様とは同盟者として、弟分として長きにわたりともに戦ってまいった関係、かくなるときには信孝様か信雄様を奉じて、真っ先に弔い合戦をすべきところなれど、家来合わせて三十人ほどの旅先の身なればそれも叶わぬ。ひとまずは国に戻り、軍勢を整えてとならざるを得ませぬ」

「徳川殿には如何にして国元までお戻りになるか」

「長谷川殿、我らは我等で道を切り開きまする、長谷川殿にも自らの道を行かれるのが良いと存ずる」

「あいや、徳川殿。この長谷川とて徳川殿の案内人としてこの堺に参った。従って供の者もほんの僅か、とても明智の軍勢ひしめく京を越えてなど行けるはずがございませぬ。この際、徳川殿のお供をして堺を抜け出ることは叶いませぬか」

「何、この家康とともに途中まで行こうというのか。この非常時にいささか迷惑に存ずるが」

「そこを曲げてご承知いただきたい。上様と信忠様が討たれたとあっては拙者にはもはや主人がござりませぬ。いずれ必ずお役に立つときもございましょう、小人数ではあぶのうござる、是非お供をさせていただきたい」

「信長殿の言いつけを守り、何処までも家康を監視しようというのか」

「とんでもございませぬ。今は無事に国元へ戻ることを考えるのみ。後のことはそれから考えることにいたしまする。ともあれ、お連れいただければ一生そのご恩は忘れませぬ」

「そこまで言うならついて参ればよい」

そこへ穴山梅雪もやってきた。

「徳川殿、服部半蔵殿より聞き申した。道は伊賀越えしかないとのこと」

「そうじゃ、伊賀越えしかないのだが、誰も伊賀の道を知らぬのが問題じゃ」

「京で信長様が討たれるという大事件が出来したからにはそこかしこで土民どもが落ち武者を襲ってこよう。できるだけ一丸となって進むことが肝要かと存ずる」

「こたびの伊賀越えは伊賀の服部衆、柘植衆の助力が得られる見込みじゃ。我等が進む後を離れぬように穴山殿は家臣をまとめて付いてこられよ」

「承知仕った」

「時を逃せば難しゅうなる。各々、支度を急がれよ」

さて、堺の街を出た徳川家康一行は服部半蔵が用意した馬に乗ると泉州、河内を横切って生駒の山系に近づいた。

「殿、あれなる山を越える古道がございます。名を竹之内街道と申します。この道にて峠を越えれば大和の国、北上してもう一つ山を越えれば伊賀の国に入りましょう」

「おお、できる限り急いで戻り、軍勢を率いて上洛せねば。明智殿にも限度があろう。時に、穴山梅雪らをどこかで振り切れ。武田を滅ぼしたのは実は穴山と明智殿は伊賀越えを許してはおらぬとのことじゃ」

「畏まって……」

半蔵が返事を仕掛けたところで、

「いざ、浜松へ戻るぞ。者ども続け」

と、家康が大声を発するや馬の尻にむちをくれた。

土煙を上げながら騎馬三十余騎が竹之内街道を東に走り去った。天正十年六月二日の午後のことであった。

あとがき

会社勤めをしていた三十九歳の時、夜、古文書解読講座というものに通っていた。予習が欠かせなく、深夜まで古文書を前に、五体字類などを繰りながら、この筆は右から入っている、などとぶつぶつ言いながら苦吟していたのを覚えている。

その後会社で古文書に興味を持つ同好の氏を集め、「古文書研究会」を作った。未熟ながら私が指導者になった。その時教材の一つに取り上げたのが池田本の「信長記」、つまり信長公記だった。東京都立図書館から全十五巻のコピーを入手した。それから二十年余、本能寺の変の真実を見出すためにそれを再度読んだ。

本能寺の変の実行者が明智光秀の家臣、斎藤内蔵助であったところから、変の原因を明智光秀に求めるのが普通のようだ。明智光秀が信長に叱責されたことに対する怨恨説などながが取りざたされるが戦国大名という文字通り命がけの戦の中でのし上がってきた者は夕フである。叱られたくらいでは謀反にはならない。彼等が残そうとしてきたものは名、家、知行地である。そのためには生き残ることが絶対だった。親子が敵味方に分かれて戦うのもそのためだ。

本能寺の変の後、天下を取ったのは秀吉である。その秀吉が信長記を太田牛一に命じて書かせている。自分に都合の悪いところは書かせなかったに違いない。この秀吉という男、結果として織田家の主なものを消し去っている。しかし、織田信長の弔い合戦に勝利しただけでは不足だったのだろう、織田の血を引く女性を側室にして、ついには信長の妹、お市の方の娘、淀殿に秀頼を生ませた。主筋の血を続けることで天下の正当な継承者と主張したかったのだろう。単なる色狂いではない、秀吉の執念をそこに見る。

本能寺の変の原因は個人的怨恨などの小さなことではない。日本というものが時代とともに変り、明智と徳川の、信長との位置関係が変化したのが最大の要因だろう。明智光秀は信長の正室である、帰蝶とは従兄弟の関係であるばかりか、母が武田信玄の姉であったことから武田との関係が濃かった。又恵林寺の快川和尚は土岐一族であったという。

そのため、甲州攻めでは信忠が中心となり、明智光秀は僅かの人数での出陣を命ぜられたが戦闘には参加できなかった。信長が、万一武田方に、と疑念を抱いたのが原因であろう。羽柴秀吉とならんで織田家中の出世頭だった明智光秀ではあったが、明智光秀は外様である。信長に一度でも疑われた者がその先どうなるか、知らぬ者はなかった。明智光秀はいずれ信長に滅ぼされると確信したのだろう。

天下を「総見」する織田信長にとって、同盟者などはあってはならない存在に変化した。甲斐の武田を滅ぼすまでは必要だった同盟相手の徳川家康は武田の滅亡によって不要の者というより邪魔な者となったのである。

織田信長は露骨にも徳川領の城、砦、川、街道などを見て回りながら安土に戻る。明らかに徳川攻めの準備に他ならない。そしてこれに気がつかない徳川家康であろうはずがない。

喜多村家文書によれば織田信長と徳川家康が不和になったという。駿河領の進上を止めると信長が言い出したようなので不和は信長が徳川領を通って安土に引き上げた直後のことと思われる。難癖をつけて関係をこじらせ、戦争にもっていくのは歴史的によく見られる手法だ。

が、どんな難癖をつけたのかはよく分からない。記録がない、いや、恐らくは消されてしまったのだろう。筆者は徳川家康が松平元康に成り代わった偽者だと知れたのが原因ではないかと考えた。三河にはそのことを恨んでいる者がいた筈だからである。

かくて、追い詰められた徳川家康と明智光秀は同盟を結び織田信長を討つべく本能寺の変を起こす。

家康は領国に帰り次第軍勢を率いて出陣した。しかし、秀吉の中国大返しという信じがたい速度での秀吉の出現により、明智軍は山崎で敗れてしまった。徳川家康はどうしようもなかったのである。しかし、明智光秀と斎藤内蔵助にとてつもない借りを作ってしまった家康は何としても天下を取り、明智と斎藤内蔵助に借りを返そうとした。織田の血を引く秀忠の子、国松には将軍職を継がせなかった。斎藤内蔵助の娘、福が稲葉に嫁いでいたのを無理やり離縁させ、既に高齢であった家康の子を産ませた。つまり家康と斎藤内蔵助の両方の血を引く家光に将軍家を継がせて借りを返したのである。無理を承知でそうした、家康の思いの強さは尋常のものではない。

信長、秀吉、家康と天下が移るこの時代の歴史は、各時代に手が加えられているので真の姿を見出すのが難しい。

消失した本能寺を再建することになり、いざ上棟という日になって秀吉より、その地への再建罷りならんと命が来るのも解かねばならぬ謎の一つだ。

江戸時代の学者、頼山陽が詠んだ「本能寺」と題する漢詩がある。

本能寺

本能寺溝幾尺　吾就大事在今夕
茭粽在手併茭食　四簷梅雨天如墨
老阪西去備中道　揚鞭東指天猶早
吾敵正在本能寺　敵在備中汝能備

というものだ。

頼山陽はこの漢詩の最後で、

「我が敵はまさに本能寺にあり」

と言うだけでなく続けて、

「敵は備中にあり、汝よく備えよ」

との頼山陽自身の言葉を添えている。

従来この言葉は明智光秀に「備中にいる羽柴秀吉への備えはあるか」とからかったと解釈されているが、本書で書いたように羽柴秀吉が本能寺の変が起こった時には既に中国大返しを始めていたことを知っていて書いたものかもしれない。本能寺の変の真実を知った頼山陽がそれとなく書き残した可能性も考えられるのではないか。

伊賀越え後、家康が大坂夏の陣で命を落とすまでの物語は『真田幸村見参!』(本書と同時発刊)にまとめた。

流布している小説と、テレビというものによって国民はいわば洗脳されてしまっている。娯楽としての歴史ではなく本当の歴史を書くことが今こそ必要だと思っている。

郁朋社の佐藤社長は新田荘などへの取材に御同行、御案内いただいた。記して謝意を表したい。

最後に、中世の歴史を先入観少なく論じた八切止夫氏に特に敬意を表したい。

平成二十三年

園田　豪

本能寺脇の道(狭い)

本能寺周辺の道
(堀を埋めた名残りか)

本能寺石碑

本能寺石碑

著者プロフィール

一九四八年静岡県生まれ。

伊達政宗公以来の伊達藩士の家系であり、岡倉天心の姪を曾祖母に持つ。曾祖父は「徳川制度史料」、「大阪城誌」、「天文要覧」などの著者。

東京大学大学院理学系研究科修士。一九七三年石油会社に入社し、サハリンの「チャイヴォ」、「オドプト」油・ガス田の発見・評価や中東オマーンの「ダリール」油田の評価・開発に携わった石油開発専門家。東京大学の資源工学部の講師として「石油地質」を教えたこともある。

種々雑多な情報の中から有意の情報を摘出・総合して油田を探し当てる情報分析の手法を用いて、また漢文読解力、古文書解読力などを駆使して日本の古代史の謎ときに力を注いでいる。

石油開発会社を早期退職して著述の道に転身したのは、明治時代に内務省を辞して赤貧のうちに著述一筋に生きた曾祖父の生き方に似る。

なお、著書には「グッダイパース」（郁朋社）などオーストラリア紀行三部作、「魅惑のふるさと紀行」（経済産業省、ウエブ作品）、アクション小説「オホーツクの鯱」「白きバイカル」、古代小説「太安万侶の暗号―日輪《アワ》きらめく神代王朝物語―」「太安万侶の暗号㈡―神は我に祟らんとするか―」などがある。

かくて本能寺《ほんのうじ》の変《へん》は起《お》これり

2011年11月9日　第1刷発行

著　者 ── 園田《そのだ》 豪《ごう》

発行者 ── 佐藤 聡

発行所 ── 株式会社 郁朋社《いくほうしゃ》

〒101-0061　東京都千代田区三崎町 2-20-4
電　話　03 (3234) 8923 (代表)
ＦＡＸ　03 (3234) 3948
振　替　00160-5-100328

印刷・製本 ── 壮光舎印刷株式会社

落丁、乱丁本はお取り替え致します。

郁朋社ホームページアドレス　http://www.ikuhousha.com
この本に関するご意見・ご感想をメールでお寄せいただく際は、
comment@ikuhousha.com までお願い致します。

 ISBN978-4-87302-507-0 C0093